KB231862

계엄군

계엄군

| 신성민 지음 |

좋은땅

목차

계엄군 **5**

아버지 6

베레모 17

공수여단 28

간부사관 35

밤기운 49

마쓰야마 55

버스 70

암 78

와와 90

출동 명령 103

문 116

전역 127

기관원 **137**

데스킹 **167**

저자 후기 200

계엄군

아버지

아버지의 과묵은 어린 내가 이해하기 힘든 측면이 있었다. 지상에 홀로 존재해도 외로워할 일 없을 것 같은 절대적인 고독이었기 때문이다. 추레라trailer를 몰았던 아버지는 일주일에 사나흘씩 집을 비웠는데, 그런 직업마저 "혼자 지내기 좋아하는 니 애비 성격 때문"이라고 어머니는 설명했다.

초등학교 3학년 성탄절에 친구를 따라 교회에 간 적이 있다. 교회는 낡은 상가 이층에 있었고, 은박지를 구겨 만든 '크리스마스' 글씨가 벽에 붙어 있었다. 전도사가 창세기의 한 구절을 읽어주었는데, "아담이 혼자 사는 것이 좋지 아니하니 배필을 지으리라"는 말이었다. 사람의 외로움을 걱정해 준 창조주는 참으로 세심하다고 느꼈으나, 만일 아버지가 아담이었으면 아내를 만들어 주겠다는 신의 제안을 거절할 것이 분명했으므로 천만다행이라는 생각이 들었다.

쉬는 날이면 아버지는 묵은지를 안주 삼아 막걸리를 마셨다. 한 번에 석 되를 비우는 폭음이었다. 십 분 거리

계엄군

6

의 양조장에서 막걸리를 떠 오는 건 내 몫이었다. 말통에는 붉은 글씨로 「삼기 양조」라 적혀 있었고, 술값은 월말에 어머니가 몰아서 결제했다. 사장과 아버지는 어려서 알던 사이라고 들었다. 이 집 막걸리는 탄산이 들어가지 않은 묵직한 맛이 난다고 동네 어른들이 입을 모아 칭찬했다.

꼬마 시절이었지만 나는 아버지가 무언가를 깊이 미워하고 있다고 믿었다. 술기운이 오르면 늘 허공을 향해 총을 쏘는 시늉을 냈기 때문이다. 입으로는 '탕, 탕' 소리를 냈는데, 섬찟하면서도 슬픈 표정이었다. 이기려고 안간힘을 쓰는데, 절대 이길 수 없다는 걸 알고 있는 사람처럼 보였다. 그럴 때마다 나는 이불을 뒤집어쓰고 아버지가 무엇과 싸우고 있는지 생각해 봤다.

답을 찾을 수는 없었다. 어른들의 세계는 너무 멀었고, 아버지의 고통은 훨씬 깊었다. 분명 무언가와 사투를 벌이고 있었지만, 아버지를 괴롭히던 것의 정체는 알 길이 없었다. 나는 그 대상이 「괴수도감」에 나오는 네스호의 '네시' 같은 괴물일 것이라 상상하곤 했다. 그렇게 생각하니 마음이 조금 편해졌다. 괴물이라면 언젠가 잡을 수도 있을 것 같았다. 그래서 초등학교 시절에는 장래 희망에 탐험가라고 적어 내기도 했다.

술에 취하지 않아도 아버지는 이상한 행동을 반복했다. 한 손으로 미닫이문을 잡고 뛰어내리는 듯한 몸짓을 한다든지, 화단 위에 올라가 무릎을 붙이고 허공을 향해 점프하곤 했다. 이 모습은 꽤 우스꽝스러웠다. 얼핏 슬랩스틱 코미디처럼 보였지만, 몸이 기억하고 있는 뭔가를 끊임없이 되풀이한다는 생각도 들었다.

광질狂疾이 심하게 번지면 며칠씩 숲을 헤매다 흙투성이가 되어 돌아왔다. 뒷산에는 사람이 들어갈 만한 구덩이가 듬성듬성 파여 있었는데, 나는 이걸 만든 사람이 아버지라고 추측했다. 어머니는 아버지의 기행을 고치기 위해 무당을 불러 보고, 교회도 나가 보았다. 하지만 효험이 없었다. 젊은 의사는 뚜렛 증후군Tourette Syndrome이라고 판정했다.

중학교에 입학하고 얼마 지나지 않았을 때였다. 체육복을 찾기 위해 옷장을 뒤지다 맨 아래 서랍에서 검은색 비닐봉지를 발견했다. 비닐을 벗기자 퀴퀴한 냄새가 올라왔다.

안에는 군복 한 벌이 둘둘 말려 있었다. 오랫동안 방치됐는지 여기저기 좀먹은 자국이 있었고, 소매에는 하얀 곰팡이 자국이 선명했다. 명찰은 뜯겨져 나가 실밥만 남았는데, 가슴에 노란 박쥐가 새겨져 있었다. 군복의 무늬는 처음 보는 것이었다. 막 자른 쇠고기 단면 같은 마블링marbling 패턴이 유약처럼 흘러내렸다. 어지러운 문양 때문에 흡사 최면에 걸린 듯한 기분이었다. 나는 식당 일을 마치고 들어오던 어머니에게 옷을 보여 주며 물었다.

"엄마, 이건 뭐야?"

군복을 본 어머니의 입술이 파랗게 질렸다. 황급히 내 손에서 옷을 낚아챈 뒤, 화를 냈다.

"너 이 자식, 이 물건에는 절대 손대지 말어."

예상하지 못한 반응이었다. 나는 해진 옷을 만진 게 그리 큰 잘못인가 억울해하면서도, 뭔가 좋지 않은 사연이 있으리라고 짐작했다. 어머니는 군복을 옷장 깊숙한 곳에 도로 집어넣었다. 부스럭거리는 봉지 소리와 함께 서랍이 닫히며 쿵 하고 울렸다. 그와 동시에 어머니가 후 하고 숨을 내뱉는 소리가 들렸다. 어머니는 머리를 매만지며 몸을 돌이켰다.

"산불 끌 때 입는 작업복이야. 앞으로도 꺼내면 안 된다."

그리고 군은 표정으로 한 마디 덧붙였다.

"특히 남들 보는 앞에서는."

나는 보다 자세한 내용을 듣고 싶었다. 하지만 더 이상 물을 수 없었다. 다음날 어머니는 과속하던 냉동 탑차에 치여 돌아가셨다.

　장례식장은 썰렁했다. 외가 친척 몇 명을 제외하고는 조문객이 거의 없었다. 나는 장례 기간에 아버지가 눕는 모습을 한 번도 보지 못했다. 아버지는 굴건을 쓰고 허리를 꼿꼿이 세운 채 빈소를 지켰다. 화장된 뼛가루가 유골함에 담길 때, 아버지는 등을 돌리고 눈을 감았다. 남은 골분은 화장터 직원이 빗자루로 쓸어서 버렸다. 나는 불에 타지 않은 어머니의 금니 하나를 봉지에 담아 책상 서랍에 넣어 두었다.

　아버지의 유일한 친구는 우준이 아저씨였다. 그는 말을 더듬고 오른 다리를 절었다. 아저씨가 오는 날이면 아버지는 마당에 평상을 깔고 쏘가리회나 붕어찜을 내왔다. 금강 줄기와 닿은 삼기천川에는 쏘가리, 붕어, 피라미, 메기가 많이 잡혔다. 하루 종일 술을 대작하면서도 두 사람은 별 대화가 없었다. 아버지가 담배 연기를 내뿜으며 먼 곳을 바라볼 때, 아저씨도 말없이 같은 방향을 응시했다. 둘 사이에는 침묵으로 소통하는 언어가 존재하는 듯했다.

　"중, 중묵이, 학, 학교 갑니꺼?"

　아저씨는 매년 같은 말을 되풀이했다. 나의 성장을 전혀 인식하지 못하는 듯 보였다. 내가 아저씨보다 덩치가 커졌을 때도 마찬가지였다. 퀭한 눈으로 언제 입학하는지만 물었고, 아버지는 웃기만 할 뿐 대답하지 않았다. 아저씨는 시간의 연속적 흐름에서 벗어나 있는 것처럼 보였다.

나는 공부를 썩 잘하지 못했다. 그나마 운동이 체질에 맞았다. 고등학교에 입학하고 나서는 합기도장에서 새끼 사범 노릇을 했다. 원비 낼 형편이 못 되었지만, 동네 꼬마들에게 발차기와 품새를 가르치는 조건으로 도장비를 면제받았다. 관장은 수련생이 다른 친구를 입회시키면 입관비의 1할을 개평으로 주겠다고 했다. 하지만 실제로 받은 적은 없었다.

관장은 예비역 해병 중사였다. 그는 합기도뿐 아니라 복싱과 유도, 격투기도 가르쳤다. 아이들은 관장이 알려 준 기술을 비급秘笈으로 여겼다. 싸움이 붙으면 한 번씩 써먹곤 했다. 힘깨나 쓴다는 어깨 중에는 우리 도장 출신이 여럿 있었다. 이들은 가끔씩 소주와 맥주를 사 들고 도장을 찾았다. 그럴 때면 나는 부루스타에 오징어와 쥐포를 굽고, 먹기 좋게 가위로 잘랐다. 형들은 안주를 나르는 내 볼을 꼬집고, 지폐를 쥐여 주었다. 가끔은 한잔 받으라며 술도 따라 주었다. 맥주는 밍밍한 오줌 맛이 났고, 소주는 주정酒精의 에탄올 냄새가 역했다. 이윽고 다방 누나들이 커피를 들고 찾아오면, 관장은 나를 밖으로 내보냈다.

수능을 치르고 졸업을 앞둔 겨울이었다. 군에 갔던 선배가 휴가를 나왔다. 경찰청장배 무도대회에 입상하기도 했던 그는, 도내에서 날리던 주먹이었다. 회색 베레모를 눌러쓴 선배의 군복은 칼처럼 다려져 있었다. 도장에 들어선 그는 태극기를 바라보며 깍듯이 경례를 붙였다. 나는 선배의 가슴에 달린 'UDT/SEAL' 휘장을 넋 놓고 바라보았다. 주머니에 손을 넣고 주변을 살피던 선배가 나를 보며 말했다.

"야, 편의점 좀 가자."

밖으로 나온 선배는 양팔을 벌려 기지개를 폈다.

"너 우리나라에서 가장 센 군대가 어딘지 아냐?"

"해병대 아닌가요?"

"아냐 임마. 그새 관장 이빨에 세뇌당했구나."

선배가 담배에 불을 붙였다. 그는 연기를 길게 내뿜으며 인상을 썼다. 얼굴에는 이십 대 초반 특유의 허세가 묻어 있었다.

"바다에서는 우리 유디티가 제일 강하고, 육지는 특전사야. 특전사는 공수 훈련을 받는데, 낙하산을 뛸 때마다 수당도 준다. 우리도 거기서 위탁교육을 받지."

선배가 남은 꽁초를 한 손으로 튕겼다.

"너도 여기서 애들 가르치려면 군대라도 꿀리지 않은 곳을 다녀와라."

집에 돌아온 나는 곧바로 컴퓨터를 켰다. 그리고 선배에게 들은 말을 검색창에 넣어 보았다. 기왕에 가야 할 군대라면 선배 말처럼 '가오'가 서는 곳이 좋았다. 특수부대를 나오면 합기도장을 이어받는 데에도 도움이 될 것 같았다. 인터넷 카페에는 각종 부대 출신들의 무용담이 넘쳐 흘렀다. 허황된 말이 많았지만, 쓸만한 정보도 있었다.

알아본 바에 따르면 특수부대는 부사관 중심이었다. 임관하면 4년 넘게 복무해야 했다. 3년 차부터는 출퇴근이 가능하고, 관사도 제공된다. 이상하게 마음이 끌렸다. 나는 우리나라에서 제일 강하고 수당도 넉넉하다는 특전부사관에 지원하기로 했다.

그날 저녁, 아버지에게 내 결심을 알리기 위해 마당을 서성거렸다. 아버지는 안방 벽에 등을 기대고 앉아 있었다. 반쯤 열린 문틈 사이로 담배 연기가 흘러나왔다. 빗물과 섞인 연기는 마당에 떨어져 흙 속에 박혔다. 텔레비전에는 무리에서 쫓겨난 늙은 수사자가 나왔다. 움푹 파인 옆구리로 갈비뼈가 앙상하게 드러나 있는 모습이었다. 곧이어 성우의 장중한 내레이션이 방안에 울렸다.

"약육강식의 자연에는, 영원한 권력이 존재하지 않습니다."

그 틈에 나는 슬금슬금 옆으로 다가갔다. 아버지는 여전히 텔레비전에 시선을 고정하고 있었다.

"저 졸업하고 부사관에 지원하려고요."

말을 꺼내고 나니 가슴이 두근거렸다. 내 말을 들은 아버지가 천천히 고개를 돌렸다. 미간이 미세하게 찌푸려졌는데, 불편한 기색이 역력했다. 아버지는 군대에 관한 모든 것을 혐오했다. 길에서 군복 입은 사람을 보면 멀찌감치 비켜섰고, 텔레비전에서 총소리가 들리면 즉시 리모컨을 눌렀다. 나도 아버지의 성향을 알았기 때문에 조금이라도 충격을 줄이고 싶었다. 그래서 특전사 대신 부사관이라고 얼버무린 것이다. 아버지를 덜 자극하기 위한 내 나름의 방편이었다.

"돈이 부족하냐? 차라리 아르바이트를 해."

아버지가 부스스한 머리를 손으로 쓸어 넘겼다.

"어차피 재수할 형편이 못 되잖아요. 병으로 가느니 2년 더 복무하면서 돈을 버는 게 나을 거 같아요."

재떨이에는 담배꽁초가 수북이 쌓여 있었다. 아버지는

잠시 그것을 내려다보다가 휴지통에 탁탁 털어냈다.

"직업군인은 하지 마라."

말을 마친 아버지는 다시 고개를 돌렸다. 하지만 나도 물러서지 않았다. 이번 수능에서 사백 점 만점에 백오십 점을 받았다. 재수를 해도 좋은 대학은 무리였다. 간판 없는 학교에 간들, 희망이 보이지 않았다.

청주 시내에 나가면 으레 번화가를 지나곤 했다. 빌딩이 늘어선 거리를 걸으며, 나는 유리창 너머를 들여다보곤 했다. 안쪽에는 하얀 와이셔츠를 입은 사람들이 바쁘게 움직였다. 그들은 항상 책상 앞에서 무언가를 내려다보거나, 수화기를 들고 고개를 끄덕이고 있었다. 모든 움직임에는 일정한 리듬이 있었는데, 그 리듬은 내가 속한 세계의 어떤 것과도 닮지 않았다.

내게 주어진 세상은 허름한 슬레이트 농가와 사회에서 밀려난 아버지가 전부였다. 아버지는 낙오자나 다름없었고, 집구석은 입에 간신히 풀칠이나 할 수준이었다. 내가 꿈꿀 수 있는 최고의 성공은 끽해야 합기도장 관장이었다. 그조차도 쉽지 않았다. 선배 말대로 특전사나 유디티 정도는 다녀와야 기회가 생길 것 같았다. 아버지의 침묵은 더 이상 내 인생에 족쇄가 될 수 없었다. 다음 달 나는 아버지 몰래 특전 부사관 모집 절차에 지원했다.

계엄군

15

고등학교 졸업식이 열렸다. 담임은 학생들이 건넨 꽃다발을 받아 들고 눈물을 흘렸다. 사진을 찍을 때 나는 맨 뒷줄에 서 있었다. 명문대에 진학한 친구와 선배의 이름이 교문 앞 현수막에 걸렸다. 내 이름은 학적이 사라질 때 같이 쓸려 나갔다. 그해 봄 나는 합기도 삼단으로 승급했고, 특전 부사관 후보생 시험에도 합격했다. 입대는 여름이었다. 관장은 나의 결정을 아쉬워했다. 제대하면 꼭 돌아오라며 배우지도 않은 태권도 단증을 내밀었다.

"넣어둬라."

관장이 말했다.

"군대에 가면 다 쓸모 있다."

나는 공손히 단증을 받아서 호주머니에 넣었다. 날은 금세 무더워졌다.

입대하는 날, 나는 혼자서 버스 터미널로 갔다. 아버지는 물류 일정 때문에 새벽에 집을 비웠다. 자고 일어나니 머리맡에 흰 봉투가 놓여있었다. 안에는 빳빳한 만 원짜리 지폐 세 장이 들어있었다. 늦은 아침을 먹고 신분증과 지갑을 챙겼다. 마당에서 키우던 진돌이가 골목 어귀까지 따라왔다.

돌아가서 진돌이를 묶어 놓고 대문을 닫았다.

베레모

"앞꿈치 무릎, 앞꿈치 무릎!"

파란 상의를 입은 공수 교관이 고함을 지르며 후보생들을 혹독하게 몰아붙였다. 발이 땅에 닿을 때 무릎을 오므려 앞꿈치를 붙이지 않으면 얼차려를 주었다. 이런 동작이 착지의 충격을 흡수한다는 말을 나는 믿지 않았지만, 그럴듯하게 흉내 내며 새로운 정체성을 스스로에게 주입했다. 교관들은 막 타워를 타고 내려오며 공수 동작을 시범 보였다. '1번 동작', '2번 동작', '산개 검사', '기능 고장'을 외치며 팔다리를 빠르게 접었다가 펴는 움직임이었다. 서커스 곡예사 같은 모습을 지켜보던 한 동기생이 킥킥거렸다. 대열 사이에서 웃음이 새어 나오자, 뒤편에서 교관이 다가왔다. 그는 동기의 목덜미를 움켜쥐고 어두운 곳으로 끌고 갔다.

"스머프 새끼들, 진짜 너무하네."

왼쪽 뺨이 부어서 돌아온 동기가 투덜거렸다. 옷 색깔 때문에 우린 교관들을 스머프라 불렀다. 동기 놈은 상체와 하체를 잇는 힘이 약해 몸을 좌우로 비트는 체조를 버거워했다. 선착순 달리기나 구보에서도 뒤처지기 일쑤였다. 얼마 후 그는 자진 퇴교했다. 아쉽다며 붙잡는 사람은 아무도 없었다. 그날 밤 교육소대장이 후보생들을 집합시켰다.

"패배자는 어디에도 설 자리가 없다. 잘 새겨 둬라."

소대장은 기껏해야 이십 대 중반이었다. 얄팍한 경험을 심오한 지혜인 양 떠드는 모습이 우스웠지만 효과는 있었다. 우리는 퇴교한 동기가 처음부터 '폐급'이었다고 수군댔다. 그와 친하게 지내던 후보생도 마찬가지였다. 나는 텔레비전에서 본 추방당한 사자를 떠올렸다.

강하降下는 총 네 번 이루어졌다. 두 번은 C-130에서, 두 번은 기구에서 뛰어내렸다. 낙하산에는 정체를 알 수 없는 구멍이 뚫려 있었다. 상승기류가 기공氣孔을 통과할 때 줄을 당기면, 공기가 통과하는 양을 제어해 낙하 속도를 조절할 수 있다고 교관은 설명했다. 기구가 상공에 닿자, 강하 조장이 나를 공중에 밀어 넣었다. 낙하산은 저절로 펴졌고, 착지할 때의 충격은 크지 않았다. 나는 앞꿈치를 무릎에 댄 상태로 땅에 두어 바퀴 굴렀다. 낙포병들이 뛰어와 낙하산을 회수해 갔다.

특교단 수료 후 나는 재경在京 여단에 배치됐다. 지방에 내려간 동기들이 부러운 표정을 지었다. 하지만 서울에 연고가 없던 나는 별다른 감흥이 없었다. 바싹 기합든 상태로 내무실에 들어가니 합죽이처럼 생긴 선임이 나를 관물대 앞으로 데려갔다. 그는 내 더플백을 뒤집어 내용물을 바닥에 쏟았다. 그리고 매직으로 속옷과 군복에 이름을 적어 주며 말했다.

"선배들의 이름과 기수, 군가부터 빨리 외워라."

"하사 허중묵, 예 알겠습니다."

"쉿, 내가 말 걸면 크게 외치지 마. 눈치 없긴."

대답만 시원하게 했을 뿐, 나는 합죽이의 충고를 마음에 새겨 놓지 않았다. 군가는 부르다 보면 저절로 입에 붙는다고 생각했다. 그렇게 다음날 아침을 맞았다. 오전 구보 행렬은 서열순이었다. 기수가 가장 낮은 나는 맨 앞줄에 섰다. 고참들은 뜀걸음을 하며 군가를 불렀는데, 짬밥이 적을수록 큰 소리로 정확하게 가사를 외쳐야 했다. 바로 위 선배들은 목이 쉬도록 소리쳤다. 가사를 모르는 나는 입만 벙긋하며 어이, 어이 같은 추임새만 넣었다. 그나마도 숨이 차올라 박자가 맞지 않았다. 시간이 지날수록 발걸음과 호흡이 어긋났다. 기다렸다는 듯이 뒤통수 너머로 욕설이 날아들었다.

"이 새끼, 어제 전입 온 주제에 완전히 빠졌네."

"군대 참 좋아졌다. 계속 그렇게 해라."

계엄군

19

구보가 끝나자 나는 동기들과 함께 '허리' 기수에게 불려 갔다.

"밑에 애들 관리를 도대체 어떻게 하는 거야?"

중고참 기수가 바로 아래 기수를 마구 때렸다.

"똑바로 하겠습니다."

맞은 사람은 토를 달지 않았다. 선배가 자리를 떠나면 맞은 기수가 다시 밑의 기수를 때렸다. 이런 방식으로, 구타는 위에서 아래로 직하直下했다. 내려올수록 매품에 이자가 붙었다. 나는 부동자세로 서서 모든 광경을 지켜봐야 했다. 하늘 같은 고참이 나 때문에 얻어터지는 장면을 보는 건, 죽을 만큼 고통스러웠다. 내 차례가 되어 턱으로 주먹이 날아오자, 차라리 다행이라는 생각이 들었다. 그날 밤 소등 시간이 지나자 나는 화장실로 몰래 숨어들었다. 그리고 변기 위에 앉아 군가와 기수가 적힌 종이쪽지를 들고 몇 시간이고 외웠다. 같은 처지의 동기생도 옆 칸에서 뭔가를 중얼거렸다.

영내 부조리는 끝이 없었다. 신임 하사는 와상臥床에서 다리를 펼 수 없었고, 소령 이하 장교에게는 관등성명을 대서도 안 됐다. 부사관 체제인 특전사는 장교를 무시하는 경향이 강했다. 가끔 소위나 중위가 부중대장으로 부임했지만, 병보다 못한 취급을 받았다. 행군 도중 처지면, 뒤에서 부중대장 군장을 발로 걷어챴다.

내 사수는 합죽이였다. 그는 여러모로 특수부대와 어울리지 않았다. 입이 앞으로 오므라든 빈약한 관상에, 외줄도 못 오르는 약골이었다. 하지만 영내 생활에 관해서는 모르는 게 없었다. 아무도 관심을 두지 않는 사소한 규율까지 구석구석 꿰뚫고 있었다. 그리고 나 같은 '짬밥 찌끄레기'가 지켜야 할 금기사항을 끊임없이 조잘거렸다.

"밥 먹을 때는 왼손으로 식판을 잡아라, 고개도 돌리면 안 된다."

"1년 반 꺾이기 전에는 운동할 생각 하지 마. 건방 떨다 걸리면 죽을 줄 알아."

규칙을 하나라도 어기면, 하늘이 무너질 것처럼 수선을 피웠다. 누구누구가 기합 빠진 행동을 했다며 내무실에 소문을 내고, 물 흐리는 놈으로 낙인찍었다. 합죽이 같은 사람이 있는 한 악습은 사라질 일이 없어 보였다. 그는 괴상한 인계 사항을 받아서 전파하고, 그 위에 더 이상한 규칙을 보탰다. 내용은 매번 달랐지만 늘 상급자가 편하고, 하급자가 피곤한 가학적인 구조였다. 단순히 괴롭히는 것 말고는 아무 의미 없는 규칙도 있었다.

"후달리는 애들은 야외 훈련 중 양치질 금지다."

일주일간 이빨을 닦지 못하자 잇몸에서 피가 나왔다.

나는 선배들의 눈을 피해 치약을 묻히지 않고 몰래 칫솔질을 했다.

가장 이해할 수 없었던 규칙은 '운동 금지령'이었다. 특전사에 입대하면 운동만큼은 원 없이 할 줄 알았다. 그러나 현실은 달랐다. 턱걸이를 할 수 있는 짬밥, 헬스장을 쓸 수 있는 짬밥, 내무실에서 팔굽혀 펴기를 할 수 있는 짬밥이 세세하게 나뉘어져 있었다. 누가 봐도 이상했지만, 아무도 의문을 제기하지 않았다. 이를 어기다 들키면 세면장이나 소각장에 끌려가 맞았다. 홍보영상에서 보았던 고공강하HALO나 긴장감 넘치는 CQBClose Quarters Battle(근접전투) 훈련도 지역대 하사에게는 그림의 떡이었다.

그 대신 쓸데없는 작업은 차고 넘쳤다. 페인트칠, 창고 정리, 시설 보수, 장비 수리는 모두 대원들 몫이었다. 그야말로 신물이 나도록 작업을 했다. 나는 시골에서 왔다는 이유로 온종일 예초기를 돌렸다. 보여 주기 행사는 또 어찌나 많은지 여단별, 대대별로 꼬리에 꼬리를 물었다. 훈련보다 행사가 더 많은 달도 있었다. 밖에서 상상하던 특수부대와 너무 달라 당황스러운 날들이 이어졌다. 하지만 이제 와서 물릴 수도 없는 노릇이었다. 주어진 시간을 버티는 것 말고는 선택지가 없었다.

계엄군

"유디티나 갈걸 그랬어."

소각장에서 똥 휴지를 줍던 동기가 말했다.

"야, 거긴 뭐 다를 줄 아냐. 대한민국 군대는 어딜 가나 다 똑같아."

다른 동기가 한숨을 쉬었다. 나는 그 말에 동의했다. 군대뿐 아니라 어느 곳을 가더라도 마찬가지라는 생각이 들었다. 그동안 나는 '이럴 것이다'라는 막연한 짐작을 사실처럼 믿으며 살아왔다. 하지만 세상은 어디선가 본 이미지들이 내 안의 상상력과 결합해 만들어 낸 헛것에 불과했다. 설령 진실과 마주한다 해도 그걸 제대로 인식하는 건 불가능해 보였다. 부대 개방행사에서 민간인과 마주치면 나도 영화에 나오는 몸짓과 말투를 빌려 멋진 특수부대원처럼 행세했다. 이 모습을 어떤 꼬마가 부러운 표정으로 보았는데, 그 아이의 머리에는 진짜 내가 아니라, 내가 만들어 낸 거짓된 형상이 남을 게 분명했다.

첫 휴가를 나오자, 관장이 백숙을 삶아 보냈다. 아버지는 우준이 아저씨가 왔을 때처럼, 마당에 평상을 펴고 막걸리를 내왔다. 그리고는 내가 쓴 베레모와 흉장을 뚫어지게 쳐다봤다. 누렇게 충혈된 눈에 어쩐지 쏘는 듯한 감정이 실려 있었다. 부담스러워진 나는 베레모를 벗어 소반 밑에 두었다.

"부사관 교육대에서 특전사로 차출됐어요."

물론 거짓말이었다. 특전 부사관은 순수하게 자원으로만 선발된다. 아버지가 군대의 실상을 잘 알지 못한다는 점을 이용해 적당히 둘러댄 것이다.

아버지는 내 말을 듣는 둥 마는 둥 하며 막걸리 잔을 연거푸 비웠다. 고기 냄새를 맡은 진돌이가 낑낑대며 주변을 맴돌았다. 나는 날개 죽지를 찢어 진돌이 입에 넣어 주었다. 진돌이는 한쪽 귀가 접혀 있었다. 그새 새끼를 낳았는지 강아지 서너 마리가 졸졸 따라다녔다.

"요새도 많이 때리냐?"

무심한 질문이 정적을 깨뜨렸다.

"아닙니다. 요즘은 군대도 많이 좋아져서, 그렇지 않습니다."

아버지는 더 묻지 않았다. 우리 부자는 말없이 식사를 이어 갔다. 내심 다른 아버지들처럼 격려해 주기 바랐던 나는 실망했다. 하지만 군대에 좋지 않은 감정을 가진 아버지를 딱히 자극하고 싶지도 않았다. 나는 아버지가 군대 이야기를 하는 걸 들은 적이 없다. 초등학교 4학년 때였던가, 딱 한 번 내가 먼저 물어본 적이 있다. 같은 반 녀석이 자기 아버지가 특공대를 나왔다며 자랑하는 것을 들은 날이었다. 나도 아버지가 어떤 부대를 나왔는지 괜히 궁금해졌다. 그날 밤 아버지에게 물었다.

"아빠는 어느 부대를 나왔어요?"

질문을 듣고도 아버지는 한참 동안 말이 없었다.

"우리나라 남자들은 다 군대를 다녀온다는데, 아빠도 갔다 왔죠?"

내가 재촉하자 아버지는 마지못해 "그냥 육군 나왔지…"라고 하며 말끝을 흐렸다. 탐탁지 않은 여운이 더 묻지 말라는 경고처럼 들렸다. 그러자 어머니가 들어와 쓸데없는 소리 하지 말고 공부나 하라며 나를 내쫓았다. 이후 나는 군대에 관한 질문을 하지 않았다. 아버지가 방위병 출신이거나, 미필이라고만 생각했다.

어느새 막걸리가 떨어져 있었다. 나는 자리에서 일어나 군화 끈을 조였다.

"오랜만에 용식이 아저씨도 볼 겸, 양조장에 다녀올게요."

아버지가 만류했다.

"요즘은 막걸리를 따로 안 떠준다. 그냥 가게에서 사 와."

"병으로 달라고 하면 되죠. 금방 다녀올게요."

나는 밥상 밑에서 슬며시 베레모를 꺼냈다. 두 줄로 각이 잡힌 베레모는 비스듬히 걸쳐야 자세가 나왔다. 손끝으로 각도를 조절하며 모장帽章이 앞으로 보이도록 매만졌다. 골목길은 익숙했다. 옆집 할아버지도, 과일가게 아줌마도, 고등학교 동창도 내 특전복과 공수 휘장을 선망의 눈길로 바라봤다. 나도 모르게 어깨에 힘이 들어갔다. 이제야 버젓한 사회인으로 인정받은 기분이었다. 이 년 전 합기도장을 찾은 선배도 나와 같은 심정이었을 것이다. 사람들의 주목을 한 몸에 받는 건, 그리 나쁘지 않은 경험이었다. 나는 고시에 합격하기라도 한 듯, 가슴을 내밀고 성큼성큼 걸었다. 더 많은 시선을 끌기 위해 아는 길도 일부러 돌아갔다.

"계십니까."

양조장 안에 들어서자, 전분 냄새가 코를 찔렀다. 가운데 놓인 증자기에서 하얀 연기가 뿜어져 나왔는데, 퍽퍽한 숨결이 살아 있는 생명체를 연상시켰다. 고무 앞치마를 입은 사장 아저씨는 뭔가를 휘젓다 말고 허겁지겁 뛰어왔다.

"어이구 이게 누구야!"

그는 놀라움과 반가움이 섞인 표정으로 연신 박수를 치기 시작했다.

"그새 듬직한 군인이 됐구면."

나는 어색하게 웃으며 대답했다.

"그냥 남들만큼 하는 겁니다. 요새도 막걸리 떠 주시

나요?"

갑자기 아저씨의 얼굴이 어두워졌다.

"음…" 그가 잠시 머뭇거렸다.

"예전처럼 말통으로는 안 팔아. 단속을 맞았거든."

아저씨는 이제 병입 막걸리만 판매한다고 했다. 하지만 경쟁에 뒤처지는 중이어서 언제까지 사업을 할지 모르겠다고 말했다. 체념이 반쯤 깔린 목소리였다. 그제야 나는 고개를 들어 양조장을 둘러보았다. 양조장 안은 예전에 비해 쓸쓸해 보였다. 밑술을 담가 놓던 발효통이 이제는 사용하지 않는 듯 뒤집혀 있었다.

"오랜만에 들렀으니 그냥 가져가."

아저씨가 안쪽에서 막걸리 세 병을 들고 왔다. 플라스틱 병에는 처음 보는 상표가 붙어 있었고, 병목에서 들큼한 향이 났다. 익숙한 냄새였지만, 낯선 상표 탓에 어딘가 어색하게 느껴졌다. 아저씨는 막걸리를 봉지에 담아 주며 내 어깨를 툭툭 두드렸다.

"무조건 건강하게, 응? 다치지 않는 게 최고야."

"감사합니다."

꾸벅 인사를 하고 양조장 문을 나서는 순간, 등 뒤로 아저씨의 혼잣말이 들려왔다.

"대를 이어 공수를 가네. 충신 집안이다, 충신."

공수여단

"허기철 훈련병, 제11공수여단. 축하한다, 가서 잘해라."

훈련소 내무반장 조 하사가 쓴웃음을 지었다. 기철은 그의 떨떠름한 반응을 이해하기 어려웠다. 입으로는 축하한다고 했지만, 얼굴은 '완전 엿 됐다'라는 표정이었기 때문이다. 말과 표정이 달라 기철은 속뜻을 짐작할 수 없었다.

증평의 작은 면 소재지에서 자란 기철은 스물두 살에 논산훈련소에 입소했다. 79년 하지夏至 무렵이었다. 농사일로 단련된 그는 거친 훈련을 걱실걱실 해냈다. 시키는 일에 군말이 없었고, 손아귀 힘이 좋아 무엇이든 잘 잡아당겼다. 조교들은 그런 기철의 모습을 주의 깊게 살폈다. 훈련소를 수료한 그는 공수여단에 차출됐다.

선발된 장정들은 곧장 남한산성 인근의 특수전 교육대로 옮겨졌다. 육공트럭을 타고 정문을 통과할 때, 베레모를 쓴 위병이 전입병들을 살벌한 눈으로 쏘아봤다.

"이 새끼들, 그냥 죽었다고 복창해라."

살기 어린 눈빛에 신병들의 등줄기가 서늘해졌다. 어

지간해서는 기죽지 않는 기철도 긴장하지 않을 수 없었다. 후반기 교육은 3개월 남짓 이어졌다. 공수 교육과 야외 전술훈련을 마친 기철은 여단 지역대에 배치됐다. 전투 보직이었다.

자대로 오던 날 병기 수여식이 열렸다. 기철이 받은 엠16 소총에는 「대한민국」 각인이 선명했다. 중대장은 화기를 지급하며 "이 총은 국민의 생명과 안전을 지키기 위한 것"이라고 강조했다. 대위의 목소리가 엄중했으므로, 기철은 그 말이 진실이라 믿었다. 그는 두 손으로 병기를 받았고, 병기 번호를 두 번 복창한 뒤 어깨에 둘러멨다.

공수부대 생활은 밖에서 들은 것보다 훨씬 지독했다. 그 당시 기철에게 하나의 소원이 있었다면, 맞지 않고 취침에 드는 것이었다. 구타는 병영에 착근한 일상의 문화였다. 때리는 사람도, 맞는 사람도 이유가 없었다. 굳이 연유를 찾으려 하지도 않았다. 사람들은 때리니까 맞고, 맞으니까 때렸다.

하사관과 병들의 세계는 엄격히 구분되어 있었다. 신임 하사는 선배 하사관이 길들였고, 신병은 병 고참이 맡았다. 두 계급은 서로 분리된 생태계를 꾸리며 각자의 논리로 굴러갔다. 다른 축으로 자전하면서 한 방향으로 공전하는 행성계와 같았다. 심하게 맞은 날이면 탈영 생각이

나기도 했다. 그때마다 기철은 이를 악물었다. 그리고 후임이 생기면 절대 손대지 않겠노라고 속으로 다짐했다.

그해 시월 대통령이 시해되는 사태가 벌어졌다. 나는 새도 떨어뜨린다는 중앙정보부장이, 더 높은 새를 떨어뜨릴 수 있는 대통령을 권총으로 쏘았다. 전국에 비상계엄이 선포됐고, 두 달 뒤에는 군사 반란이 일어났다. 기철이 속한 지역대는 쿠데타에 가담하지 않았다. 반란 성공을 기념하는 자축연이 벌어지던 날, 여단 장교들은 아쉬운 표정을 지었다.

"우리도 저기 갔어야 했는데…"

대대장이 참모들 앞에서 입맛을 다셨다. 영내 분위기는 뒤숭숭했다. 훈련은 시위 진압 일변도로 바뀌었고, 정훈교육이 매일같이 실시됐다. 누가 강의하든 내용은 늘 똑같았다. 대통령이 시해돼 국가의 운명이 풍전등화인데, 용공 분자들이 준동하고 있어 비상한 상황에 대응해야 한다는 것이었다. 반복적인 훈화는 주술 같은 효과를 발휘했다. 군인들의 마음에는 어느덧 알 수 없는 적개심이 싹트기 시작했다. 적의敵意는 머리 없는 뱀과 같았다. 맹렬한 증오는 방향이 없었으나, 이성과 감정을 빠르게 침식했다.

크리스마스 무렵, 도정렬 중사가 뒷산에서 노루 한 마리를 사냥해 왔다. 유해조수 퇴치를 위해 보관 중인 공기총으로 잡은 것이다. 도 중사의 조상은 대대로 착호인捉虎人을 지냈는데, 그는 그런 집안 내력을 자랑스러워했다. 취사계원이 피와 내장을 제거하고 곰탕을 끓였다. 노루국은 잡내가 심했다.

"산짐승이라 누린내가 좀 있습니다."

국물에는 젖은 낙엽과 흙냄새가 섞여 있었고, 피 맛이 돌았다. 늘 허기져 있던 기철은 단숨에 두 그릇을 비웠다. 오랜만에 소증을 푼 기철은 그날 단잠을 잤다. 선임들도 배가 불러 때리지 않았다. 꿈에서 기철은 새끼 노루를 쏘아 죽였는데, 눈망울이 슬퍼서 먹지 않았다.

곧이어 훈련 강도를 최고조로 높이되, 시위 진압을 위한 경봉硬棒은 알아서 조달하라는 지시가 내려왔다. 여단장은 단단한 나무를 골라 진압봉을 만들라고 명령했다. 그의 부친은 일경日警 출신이었다.

"진압봉은 너무 길지 않고 손에 딱 붙어야 휘두르기 좋다."

대대 선임하사가 고참들을 이끌고 산에 올랐다. 대원들은 톱으로 박달나무와 물푸레나무를 켜서 쓰러뜨리고, 도끼로 패서 장작처럼 만들었다. 기철은 이들이 가져온 나무를 깎아 몽둥이로 바꿨다. 막 전입한 김우준 이병은 기철이 만든 몽둥이에 페인트칠을 하고, 고리를 걸어 완성했다. 중대장은 햇볕에 말려 놓은 진압봉을 하나씩 들고 살펴봤다.

"아주 좋아."

그는 기철이 만든 진압봉이 마음에 들었다. 여단장 말처럼 길지도 않고, 짧지도 않아 손에 딱 붙었기 때문이다. 기철은 나무의 결을 따라 진압봉을 다듬어서, 쥐는 사람이 안정감을 느꼈다. 입소문이 퍼지자, 타 중대에서도 충정봉 제작을 부탁했다. 기철과 우준은 밤새도록 낮으로 몽둥이를 깎았다.

"우준아, 너 쇠좆매라고 아냐?"

"잘 모르겠습니다."

"조선시대에는 소의 거시기를 말려서 몽둥이로 썼대. 그걸로 죄인들을 후려친 거지."

우준이 고개를 갸우뚱했다.

"그럼, 별로 아프지 않은 것 아닙니까?"

"채찍 같은 용도니까, 실제로는 묵직해서 머리통을 부순댄다."

기철은 후임병을 때리지 않았다. 우준이 실수할 때마다 선임들은 관행대로 기철을 먼저 구타했다. 하지만 내리 갈굼은 이어지지 않았다. 기철은 마치 댐과 같았다. 위로부터 쏟아지는 폭력을 온몸으로 받았으나, 아래로 흘려보내지는 않았다. 가끔 화를 내기는 했어도 때리는 일은 없었다.

"이 새끼가 부대 분위기를 다 흐리는구면."

고참들은 기철이 공수부대 물을 흐린다며 불평했다.

해를 넘기자, 훈련은 실전을 방불케 했다. 병사는 물론 간부들의 외출 외박도 통제됐다. 상사와 고참 중사들이 집으로 퇴근하지 못하고 함께 영내 생활을 했다.

"에이 씨팔, 빨갱이들 때문에 이게 뭐야!"

고립 생활이 길어지면서 부대는 피로와 짜증으로 뒤덮였다. 병장이 신임 하사를 두들겨 패거나, 중사와 중위가 주먹다짐을 하는 하극상이 빈번하게 벌어졌다.

대원들은 진압군과 시위대로 역할을 나눠 훈련했다. 진압군 쪽이 무람없이 몽둥이를 휘둘러 부상자가 속출했다. 여단 본부는 이런 일을 당연히 여겼다. 기철의 몸뚱이는 성할 날이 없었다. 주로 시위대 역할을 맡았던 그는 자신이 만든 진압봉으로 이곳저곳을 두들겨 맞았다. 한 번은 정수리를 정통으로 맞아 기절하기도 했다. 평소 기철을 고깝게 여기던 누군가가 일부러 한 짓이었다.

"약은 없다. 된장이나 발라 둬라."

의무병이 성의 없이 말했다. 그는 찢어진 살갗을 호치키스로 찍어 봉합했다.

선임들은 일과 후에도 개인 지도를 명목으로 후임들을 불러냈다. 지도라고 하지만, 사실은 교육을 빙자한 잡도리였다. 몇 시간 넘게 기마자세를 유지하며 앞발을 구르게 했다. 격지擊地 자세가 조금만 흐트러져도 옆구리에 군홧발이 날아들었다. 허벅지 근육이 찢어질 듯 아파 옷을 벗고 입는 일조차 힘겹게 느껴졌다. 몇 달간 이어진 충정훈련으로, 다들 악에 받쳤다. 분노는 차츰 알 수 없는 상대를 겨냥했다. 그 존재는 관념 속에만 있었기 때문에 누구든 대상이 될 수 있었다. 대원들 눈에 날카로운 독기가 올라왔다.

"빨갱이 새끼들, 밖에 나가면 진짜 가만 안 둔다."

간부사관

    간부사관에 지원하려니, 생각보다 쑥스러웠다. 익숙한 옷을 벗고, 생소한 옷으로 갈아입겠다는 선언이었기 때문이다. 복무 전환 얘기를 꺼내자, 대대 주임원사는 황당하다는 표정을 지었다. 배신감 비슷한 감정이 언뜻 비쳤다. 주임원사는 한동안 아무 말도 하지 않았다. 그러다 작심한 듯 나를 설득하기 시작했다.

    "잘 알겠지만, 장교는 진급이 어려워."

    그가 몸을 앞으로 기울이며 속삭였다.

    "차별도 심하지. 출신 성분에 따라서 말이야."

    목소리에는 억누른 듯한 감정이 실려 있었다. 오랜 군 생활을 통해 목격하고 체험한 것을, 내가 알아듣게 설명해야 한다는 부담감 때문이었을 것이다.

    "복무 전환하면 잘해야 대위가 끝이야."

    그의 음성이 점점 높아졌다.

    "무슨 말인지 알겠어? 계급정년 채워도 삼십 중반이면 옷을 벗어야 한다고."

    주임원사는 한 시간 넘게 나를 붙들고 설득했다. 사무

실 공기가 무겁게 가라앉았다.

"다시 한번 잘 생각해 봐."

"난 유능한 후배를 잃고 싶지 않아서 그래."

나는 고개를 숙인 채 가만히 듣고 있었다. 그의 말은 진심이었을 것이다. 하지만 뜻을 굽힐 생각은 없었다. 아버지가 입대를 만류했을 때와 비슷한 상황이었다. 복무 전환을 선택한 이유는 주임원사의 염려처럼 신분 상승이나 진급 때문이 아니었다. 설명하기 어렵지만 훨씬 근원적인 이유가 있었다.

중사 말년에 접어들자 군 생활은 말도 안 되게 밋밋해졌다. 반복되는 천리행군, 정기 강하, 고등유격은 무료하고 따분했다. 윽박지르는 상관이나 괴롭히는 선임도 없었다. 훈련장용 비트는 적당히 덮어놨다가 다음 해 그대로 사용했다. 편법이었지만 누구도 뭐라 하지 않았다. 익숙해질수록 잔꾀만 늘었고, 조수와 후배들에게 그런 요령을 가르치는 일이 늘었다. 권태로운 나날이 이어지자 어느 순간부터 숨이 턱 막혔다. 지루함을 견디지 못하는 성정이 발동한 것이다.

내 이름은 복덕방 아저씨가 지어 줬다. 그는 명망 높은 충청 향유鄕儒의 후예였다. 정미의병 때 증조부가 이강년의 종사관을 지냈다가 멸문의 화를 입었다고 어려서 들었다. 당시에는 그 말이 무슨 뜻인지 이해하지 못했다. 하지만 아저씨의 굽은 등과 침침한 낯빛으로 보아, 뭔가 슬픈 사연이라고 짐작했다. 아저씨는 한때 침구사 노릇을 하며 밥벌이를 했고, 동네 아이들에게 천자문을 가르쳤다고 한다. 그래서 그런지 동양학에 밝았다. 복덕방 책장에는 누렇게 바랜 적천수, 연해자평 같은 명리학 서적이 꽂혀 있었다. 내가 태어나자 아버지는 생년월일과 출생 시각을 적은 종이를 들고 복덕방을 찾았다. 나의 명조를 훑어본 아저씨는 이런 말을 남겼다고 한다.

"계해癸亥년, 계해癸亥월에 태어난 신유辛酉일 생으로 역마와 상관傷官의 기세가 강하구먼. 한곳에 정착하지 못하고, 이리저리 돌아다닐 팔자네. 구설에 휘말리기 쉽고 윗사람을 치받는 기질도 있으니 이름으로 설기泄氣를 해야겠어."

그리하여 나는 중묵重黙이라는 이름을 갖게 됐다. 매사 신중하고, 입을 무겁게 하라는 뜻이었다. 이름이 팔자를 눌러 준 덕인지 많이 떠돌지는 않았다. 그러나 권태로움을 못 견디는 기질은 골수에 남아 있었다. 단조로운 일상이 계속되면 안에서 무언가가 꿈틀거렸다. 그것이 아저씨가 말한 역마인지 상관인지는 알 수 없었지만, 좀이 쑤

서 한곳에 오래 있지 못하는 건 사실이었다.

아예 전역할까도 생각해 봤다. 하지만 그러기에는 용기가 부족했다. 앞서 제대한 합죽이가 직장을 못 구해 쩔쩔맨다는 소식이 들렸다. 아버지처럼 경계인으로 살거나, 합죽이처럼 백수가 될지 모른다는 공포가 엄습했다. 일상은 지긋지긋했지만 익숙지 않은 리듬과 마주해야 한다는 불안은 실존적이었다. 간부사관은 그런 운명을 피하면서 방랑벽을 달래는 타협의 산물이었다.

"죄송합니다. 그래도 한번 해 보겠습니다."

나는 정중하지만 단호하게 말했다. 내 말을 들은 주임원사는 천천히 소파에 등을 기댔다. 동작은 느리고 무거웠다.

"그렇다면."

주임원사는 더 말리지 않았다. 심드렁한 표정으로 지휘관 추천을 받을 수 있도록 주선해 보겠다고 했다.

"고생했어. 그만 나가 봐."

말을 마친 주임원사가 먼저 자리에서 일어났다. 주임원사의 실망스러운 기색에 나는 묘한 안도감을 느꼈다. 간부사관이 되려면 전문 학사 이상의 학력이 필요했다. 중사 시절 방송통신대에서 80학점을 이수한 덕에 요건을 간신히 충족했다. 체력은 당연히 자신 있었고, 근무평정도 무난했다.

만기 제대를 일주일 앞두고 간부사관 합격 통지서를 받았다. 교육은 경북 영천에 있는 육군 3사관학교에서 이뤄졌다. 기간은 14주였다. 나는 부대원의 환송을 받으며 3사로 향했다. 후보생들은 병 출신과 부사관 출신이 섞여 있었고 병과는 제각각이었다. 제대 후 다시 찾아온 예비역도 있었다. 나이로는 중간쯤이었지만 군 경력으로는 나도 고참 축에 속했다.

"자대에 가면 군 생활 좀 해 봤다고 잘난 척하지 말도록."

임관식 전날, 훈육관이 신신당부했다. 그는 후보생들의 얼굴을 훑어보며 의미심장한 말을 남겼다.

"장교는 완전히 다른 생태계니까."

소위로 임관한 나는 전방 소대장으로 발령이 났다. 부사관 경력이 길었던 탓인지, 초임 장교가 겪는다는 '소대장 길들이기'는 존재하지 않았다. 병사들은 존중과 경계가 반씩 섞인 표정으로 나를 대했다.

문제는 서류 업무였다. 소대장이 되어 깨달은 점은, 장교는 보고서를 쓰기 위해 존재한다는 사실이었다. 모든 것이 보고의 연속이었다. 훈련 전에도, 훈련 중에도, 훈련이 끝난 뒤에도 보고서를 썼다. 그제야 훈육관이 말한 '다른 생태계'가 무엇인지 실감했다. 부사관 시절 행정 업무를 기피했던 일이 새삼 후회스러웠다. 나는 현장에서 이뤄지는 병사들의 활동을 글자와 숫자로 옮기는 데 서툴렀다. 작계니, 인사니, 조직 관리니 하는 개념은 외국어처럼 낯설었고, 문장은 쓰는 족족 비문非文이었다. 무엇보다 괴로운 건 양식을 맞추는 일이었다. 보고서에 따라 형식이 천차만별이었다. 같은 내용도 양식을 바꾸면 완전히 다른 문서가 됐다. 나는 예전 보고서에 날짜만 바꿔 상신하기 시작했다. 하지만 눈썰미 좋은 중대장에게 번번이 걸렸다.

"이거야 원, 기초가 안 되었구만…"

중대장이 내 앞에 서류를 툭 던지며 말했다.

"자넨 이제 장교야 장교. 얕은 짓 좀 하지 말라고. 이래서 부대 관리 제대로 하겠나."

실망과 질책이 섞인 말이었다. 자존감이 한없이 떨어졌다. 중위가 되자 육사, 학군, 학사 출신 임관 동기들이 하나둘 대대 참모로 임명됐지만, 나는 여전히 전투 소대장에 머물렀다. 불러 주는 곳도 없었고, 불러 줘도 해낼 자신이 없었다. 참모 보직을 거치지 않으면 더 이상 진급하기 어려웠다. 초조한 마음이 들기 시작했다. 잠들기 전에 취업사이트를 뒤지며 갈 만한 회사가 있는지 검색하는 날이 늘었다. 간부사관은 진급이 어렵다던 주임원사의 말이 자꾸 떠올랐다. 그의 말은 내 인생에서 예언처럼 실현되고 있었다. 괜한 짓을 한 건 아닌지, 나는 밤마다 이불을 차며 후회했다.

자신감이 없어지면서 말수가 급격히 줄었다. 중대에서는 내가 곧 전역 신청을 할 것이라는 말이 돌았다. 간부 휴게실에서는 사람들이 삼삼오오 모여 내 이야기를 했다.

"특전사에서는 날렸다는데, 역시 안 되나벼."

"이게 안 되잖아 이게…"

병기 하사가 자신의 머리를 가리키며 말했다.

밖에서 듣고 있던 나는 모르는 척 휴게실 문을 열었다. 안쪽의 시선이 한꺼번에 쏠렸다. 태연하게 인사했지만, 나를 쳐다보는 눈빛에는 안쓰러움이 배어 나왔다. 무시를 당하고 있다는 기분이 들었다.

어느 날 작전과장 정주일 소령이 나를 호출했다. 내가 또 무슨 실수를 했나 싶어 겁부터 났다. 정보·작전과 사무실에 들어서자, 정 소령 옆에는 더플백을 맨 병사가 서 있었다. 대대 본부에 오갈 때마다 간간이 봤던 얼굴이었다. 그는 나를 보며 어색하게 경례를 했다.

"여기 박상순 병장 알지?"

"네, 알고 있습니다."

"일은 제대로 하니까, 옆에 두고 한번 써 봐. 도움이 될 거야."

박 병장은 대대 정보병이었다. K대 경제학과 출신으로 문서 작성의 귀재라는 평을 들었다. 제대를 넉 달 앞두고 후임병의 뺨을 때렸다가 영창을 다녀왔다. 십사 박 십오 일 만창滿倉이었다. 보통은 군기교육대로 끝날 일이었지만, 맞은 후임병은 기무사 중령의 조카였다. 부대가 뒤집어졌다. 평소 박 병장을 아끼던 정 소령도 그를 지켜 줄수 없었다.

영창을 다녀온 병사는 원 소속으로 복귀할 수 없다는 인사 지침 때문에, 박 병장은 작전과로 돌아가지 못했다. 전투 중대는 그를 내켜 하지 않았다. 사고 친 말년 병장은 받아 봐야 짐만 된다고 여겼다. 갈 곳을 잃은 박 병장은 애물단지 취급을 받았다. 나도 이런 사연을 익히 알고 있었다. 이 때문에 그를 우리 중대에 보낸다고 했을 때, 배려인지 떠넘기려는 의도인지 판단하기 어려웠다.

"따라와라."

나는 박 병장을 생활관에 데려왔다. 중대장이 불러 이번 기회를 잘 살려 보라고 했다.

"어차피 저 녀석은 훈련도 못 뛸 테니까… 행정 업무만 시킬 테니 허 중위도 옆에서 같이 배워 보라고."

박 병장은 주중 과업을 면제받는 대신, 내게 문서 작성 요령을 전수했다. 처음에는 볼품없는 외모 때문에 별 기대를 하지 않았다. 하지만 그건 완벽한 오판이었다. 그에게는 특별한 구석이 있었다.

　"보고서는 쓰는 사람이 아니라, 읽는 사람의 의식 흐름을 따라가야 합니다."

　박 병장은 믿기 어려운 속도로 타자를 쳤다. 그럼에도 오탈자가 나오지 않았다. 그는 자간과 행렬을 정렬하고, 규격에 맞춰 사진과 설명을 붙였다. 항목마다 적확한 용어를 골랐는데, 문장이 군더더기 없고 담백했다. 읽는 사람으로 하여금 핵심을 파악하게 만드는 힘이 있었다.

　"단어는 함부로 사용하지 말고, 사진은 보고서 내용을 함축하는 것으로 골라야 합니다."

　그가 만든 보고서는 윗사람의 요구를 정확히 짚어 냈다. 박 병장은 낱말이 가득 담긴 연못에서, 가장 완벽한 어휘를 건져 올리는 낚시꾼 같았다. 이 모습을 보며 그동안 내가 써 온 보고서가 얼마나 엉터리였는지 깨달았다. 나는 밤늦도록 사무실에 남아 박 병장이 알려 준 내용을 복기했다. 용례집을 뒤져 가며 그가 어떤 단어를 선택했는지 살폈고, 사진을 고른 방식과 항목을 구분한 기준을 연구했다. 그러자 행정의 얼개가 조금씩 자리 잡기 시작했다.

박 병장은 영창을 다녀온 기간을 합쳐 꼬박 십오일을 더 복무하고 전역했다. 제대하는 날, 그는 마지막으로 나를 찾아왔다. 박 병장은 작은 외장디스크를 내밀었다.

"이건 제 군 생활을 압축해 놓은 겁니다."

디스크에는 그동안 그가 작성한 문서들이 들어 있었다. 나는 오십만 원이 든 봉투를 꺼내 여비로 건넸다.

"고맙다. 네 덕에 많이 배웠다."

"감사합니다. 이만 가 보겠습니다."

내가 먼저 악수를 청했다.

"넌 내 스승이다. 이건 진심이야."

박 병장은 겸연쩍은 듯 뒤통수를 긁었다. 그는 휘파람을 불며 혼자 위병소를 빠져나갔다.

특훈의 성과는 뚜렷했다. 나는 군무軍務의 실질을 A4 용지에 착상시키는 법을 터득했다. 덕분에 중위 말년에 군수장교로 보임됐고, 대위 진급 명단에도 이름을 올렸다.

장기 복무 대상이 된 나는 광주 보병학교로 내려가 고군반OAC 교육을 받았다. 지휘관 교육에서도 문서를 다루는 능력이 핵심 자질로 평가됐다. 교관들은 입교생이 작성한 작전명령서를 하나씩 뜯어보며 면밀하게 심사했다. 그리고 함량 미달 문건을 걸러 냈다. 내용이 미흡하면 가혹하리만큼 심한 질책을 받았다.

"이 따위 실력으로 어디 중대장 하겠어? 밖에 나가 경비나 서는 게 낫겠다."

동료들이 박한 평가를 받을 때마다 나는 박 병장을 떠올렸다. 그가 알려 준 것들이 없었다면, 절대로 버티지 못했을 것이다. 상상만 해도 아찔했다. 교육이 중반을 넘어설 무렵, 특전사령부 소속 인사참모가 불쑥 나타났다. 그는 교육생 중에서 1차 중대장 지원자를 받는다고 했다. 특수부대에 환상을 품은 몇 명이 손을 번쩍 들었다. 인사참모는 말을 하면서 내 쪽을 자주 힐끔거렸다. 맨 뒷줄에 앉아 있던 나는 그의 시선을 피하기 위해 무던히 노력했다. 그날 저녁, 인사참모가 평가관을 대동하고 나를 불러냈다.

"쓸 만한 자원이 부족해. 허 대위는 꼭 와 줘야겠어."

그의 말은 거부할 수 없는 명령처럼 느껴졌다. 그렇게 나는 4년 만에 친정으로 복귀했다. 착임着任하던 날, 대원들은 깍듯한 경례로 나를 맞았다.

"어엇, 허 중사, 아니 중대장님!"

"쉬잇, 둘이 있을 때는 말 편하게 해."

선임 담당관은 부사관 동기였다. 사석에서는 그와 말을 놓았다. 신임 중대장 중에는 공수 훈련도 못 받은 사람이 수두룩했다. 그들이 쩔쩔매는 동안 나는 확실한 에이스로 자리를 잡았다. 보병 사단에서 익힌 행정 역량도 빛을 발했다. 나는 전술학처 참모를 지내며 교리 수정안 제작에 참여했다. 나의 제안은 경험 없는 논리를 배격하고 현장 요원의 실전성을 높였다는 평가를 받았다.

"확실히 감각이 남다르다니까…"

월요 참모 회의에서 대대장이 나를 공개적으로 칭찬했다. 다른 간부들도 고개를 끄덕였다.

"허 대위는 현장 경험이 많으니까요."

영관급 승진에는 거듭 실패했다. 내 인생 최대의 고비였다. 임관 동기들이 하나둘 소령 계급장을 달 때마다, 속이 새까맣게 타들어 갔다. 겉으로는 축하한다고 하면서도 내심 조바심이 났다. 마침내 3차수 진급을 앞두고 기회가 왔다. 나는 육사와 학군 출신 대위 두 명과 경쟁했는데, 이번에 떨어지면 군복을 벗겠다는 각오도 하고 있었다. 그 무렵 육군참모총장이 간부사관 지원율을 높이라는 지시를 내렸다. 우연인지는 몰라도, 나는 그해 소령 진급에 성공했다. 총장 명령을 의식한 인사본부가 나를 올려 친 것 같다고, 인사참모가 회식 자리에서 말했다. 대대장은 맥주에 국산 양주를 탄 '양폭'을 거푸 들이켰다. 술에 취한 그의 혀가 심하게 꼬부라졌다.

"넌 임마, 운이 진짜 좋은 거야… 복 받은 줄 알라고."

진급 발표 후 여단 공보과에서 연락이 왔다. 국방일보에서 인터뷰를 진행할 터인데, 성의 있게 응하라는 내용이었다. 공보과에서 보낸 사전 질문지에는 미리 작성한 예시 답변이 빼곡했다. 며칠 뒤 국방홍보원 소속 군무원이 부대로 찾아왔다.

"인터뷰는 여기 예시 답변대로 작성하겠습니다. 괜찮으시죠?"

그는 가방에서 커다란 렌즈가 달린 카메라를 꺼냈다.

"사진 촬영만 잘하면 됩니다."

사진을 찍는 동안 나는 어떤 표정을 지어야 할지 몰라 어색하게 웃었다. 내가 포즈를 취할 때마다 군무원은 "좀 더 자신감 있게"라고 외쳤다. 나는 그의 말에 따라 자신만만하게 팔짱을 끼고, 얼굴 근육을 조정했다.

다음 날, 국방일보 6면 상단에 내 인터뷰가 실렸다. 사진의 인물은 내가 분명했지만, 인용부호 속의 문장은 낯설었다. 인터뷰의 주인공은 내가 아닌 것 같았다. 활자 속의 나는 지나치게 당당하고 모범적이었다. 마음이 편치 않았지만, 진급에는 도움이 될 것 같았다. 다음날 여단장 부관에게 연락이 왔다.

"단장님이 오찬을 함께하고 싶어 하십니다."

나는 대대장과 함께 식사 자리에 참석했다. 너무 긴장해서 속이 울렁거렸다.

"인터뷰를 보니까, 자네 생각이 아주 훌륭하구만."

여단장은 나를 치하했다. 나는 속으로, '그 말은 공보과가 작성해 준 겁니다'라고 되뇌었다. 하지만 내색은 하지 않았다. 간부사관 모집 포스터에도 내 얼굴이 등장했다. 인터뷰에 나온 사진이 홍보물에 그대로 실렸다. 같은 해 나는 4살 연하의 군무원과 결혼식을 올렸다. 신부 이름은 안나였는데, 천주교 세례명과 속명이 같았다. 사진사는 아버지를 웃게 하느라 진땀을 뺐다.

"하나뿐인 아드님 결혼식이잖아요, 웃어 주세요, 환하게!"

몇 차례 시도 끝에 아버지의 입꼬리가 살짝 들렸다. 사진사는 그 순간을 놓치지 않고 셔터를 눌렀다. 나중에 받아 본 아버지의 모습은 기묘했다. 돌처럼 굳은 얼굴에 입만 억지로 웃는 모양이었다. 웃음이라기보다는 웃음을 흉내 내는 모습에 더 가까웠다. 신혼여행에서 돌아와 사진첩을 넘기던 아내가 말했다.

"포스터에 실린 당신이랑 아버님 표정이 닮았어."

묘한 기분이었다. 아내는 농담처럼 던진 말이었겠지만, 나는 그 말을 마음에 담아 두었다.

밤기운

　도청이 시민군 손에 넘어가자, 계엄군은 허겁지겁 조선대로 물러났다. 늦은 오후였다. 본부는 병력 이동이라 말했지만, 사실상 도망친 것이나 다름없었다. 시민군은 군이 버리고 간 무기와 탄약을 접수하고 방어대를 조직했다. 도청에서의 퇴각은 공수부대 자존심에 큰 생채기를 남겼다. 훼손된 자존감은 곧 앙심으로 변했고, 화풀이할 대상을 찾기 시작했다. 계엄군 사이에는 "다음엔 폭도 놈들을 제대로 손봐 주겠다"라는 분노가 맹렬하게 퍼졌다. 신군부는 이런 마음에 기름을 부었다. 그들은 남쪽에서의 혁명이 전국적인 항쟁으로 번질 것을 두려워했다. 수뇌부는 무력 사용을 승인하고, 강경 진압에 돌입하라는 명령을 내렸다.

　"쌀 씻고 물 올려라, 밥 먹자."

　담당관 지시에 기철과 우준이 분주히 움직였다. 둘 다 혼란스러운 시가지를 빠져나왔다는 사실에 안도하고 있었다. 철수 직전까지 도청 앞에서 경계를 서던 기철은 예사롭지 않은 기분이 들었다. 셀 수 없는 인파가 금남로를 가득 메운 모습이 아직 눈에 선했다. 아무리 살펴도 그들은 택시 운전사, 이발사, 회사원, 교사, 재수생에 불과했다. 계엄군이 물러날 때 시위대는 애국가를 외쳤고, 자전거를 타고 따라오며 군가를 불러 주었다. 이 사람들이 공산 세력의 사주를 받은 것이라는 말은 믿기 어려웠다. 뭔가 잘못됐다는 의심을 떨칠 수 없었다. 기철은 나지막한 소리로 우준에게 말했다.

"야, 근데 뭔가 이상하지 않냐."

"뭐가 말입니까."

"웬 사람들이 그리 많이 몰렸냐고."

우준이 무덤덤하게 답했다.

"그거야 빨갱이 새끼들이 사람들 선동해서 그런 거 아니겠습니까?"

"택시랑 버스들도?"

"저는 잘 모르겠습니다. 그냥 시키는 대로 하다 철수하면 되는 거 아닌지 말입니다."

우준은 대수롭지 않다는 듯 쌀이 담긴 반합을 들고 일어섰다.

그때 지휘관을 소집한다는 지령이 내려왔다. 대대장 호출이었다. 잔디밭에 대자로 뻗어 있던 장교들이 투덜거리며 몸을 일으켰다. 지휘소는 멀지 않았다. 어깨에 가

죽 홀스터를 찬 작전 보좌관이 지도를 나눠 주며 표시된 지역으로 이동하라 명했다. 지도에는 집결지가 동그랗게 표기돼 있었는데, 구체적인 이동 경로는 나와 있지 않았다. 작전 보좌관은 붉은 사인펜으로 대충 줄을 그으며 산을 타고 넘어가라 일렀다. 저녁을 먹고 이동하자는 말이 나왔지만 받아들여지지 않았다.

"에이씨, 이게 뭐야. 또 움직여?"

여기저기서 볼멘소리가 나왔다. 하지만 어쩔 수 없었다. 병사들은 설익은 쌀이 가득한 반합을 황급히 비워 냈다. 기철이 속한 중대는 캠퍼스 뒤편에 놓인 산자락을 따라 이동했다. 사기가 떨어진 데다, 밥 한술 뜨지 못해 다들 기력이 없었다. 너나 할 것 없이 터덜터덜 걷기 시작했다. 편제는 흐트러졌고, 움직임은 제각각이었다.

"이거 완전 오합지졸이네, 부대원들 건제순으로 올려 보내!"

보다 못한 대대장이 한마디 했다. 작전 보좌관은 개별 무전을 보내 대대장의 명령을 전달했다. 하지만 중대장들은 통제가 어렵다며 건성으로 답했다. 대대장은 한숨을 쉬었다. 그러면서 절도 있게 행군하되, 불필요한 접촉은 최대한 피하라고 지시했다. 중대는 산 중턱에서 화순 쪽으로 방향을 틀었다. 야전 배낭이 기철의 엉덩이를 쳐서 걸을 때마다 덜그럭 소리가 났다.

걷는 도중 산에서 총소리가 간간이 들렸다. 어디서 누가 쏘았는지 알 길이 없었다. 우연히 마주친 타 중대원은 누군가 사람을 쐈다고 했다. 말을 꺼낼 때 그는 목소리를 낮췄다.

두어 시간 행군하자 작은 마을이 나타났다. 구릉 아래 어린 벼가 솟아 있었는데, 아직 자리를 잡지 못한 볏대가 위태로워 보였다. 우준은 논 사이를 오가며 개구리를 잡았다. 천진한 모습이 영락없는 어린아이였다.

"요놈들도 국물에 넣어 먹으면 맛있습니다."

산 아래로 국도가 길게 뻗어 있었다. 도로 표지판에는 화순이라 적혀 있었다. 중대장이 무전병을 불러 대대 지휘소와 교신했다.

"다섯 중대는 해당 위치에서 도로 봉쇄를 실시하라."

대대장이 말했다. 그러자 중대장은 다시 물었다.

"도보 이동도 완전 통제합니까?"

"그래, 그냥 다 막으라고. 제길, 우리 애들이 많이 다쳤어."

마지막 한마디가 중대장의 마음을 흔들었다. 우리 쪽 피해가 컸다는 말은, 무자비하게 대응하라는 신호로 읽혔다. 중대장이 실탄 지급을 언급했고, 대대장은 곧 나눠 줄 테니 기다리라고 했다. 그사이 도 중사는 기철과 우준

을 데리고 비탈길을 올랐다. 산등성이에서 내려다본 국
도는 하얀 실처럼 산허리를 갈라놓고 있었다.

"너희 둘은 여기에 호를 파라. 남는 흙은 저 뒤에다 버
리고."

기철이 참호를 만드는 동안, 도 중사는 철모를 깔고 앉
아 담배를 피웠다. 땅은 마른 층과 젖은 층이 겹쳐 있었
다. 마른 흙은 바스러져 바람에 날렸고, 젖은 흙은 삽날
에 붙어 떨어지지 않았다. 돌부리에 걸린 삽이 가끔 쩡하
는 소리를 냈다. 기철은 퍼낸 흙을 양옆에 쌓아 작은 방
벽을 만들었다. 진지 공사 중에 대대 탄약병들이 돌아다
니며 실탄과 수류탄을 배부했다. 도 중사가 왜 이리 늦었
냐며 성질을 냈다.

"앞서 출발한 중대부터 나눠 주느라⋯"

도 중사의 불같은 성질을 알고 있는 탄약병이 주춤거
리며 답했다. 도 중사는 듣는 둥 마는 둥 하며 거칠게 탄
통을 열었다. 안에는 황동빛 탄알이 가지런히 누워 있었
다. 총알 끝은 유난히 날카로웠다. 도 중사는 닥치는 대
로 실탄 클립을 집어 들고 탄창에 밀어 넣었다.

"야야, 너네도 작업 중단하고 빨리 삽탄부터 해라."

말을 마친 도 중사는 소변을 보고 온다며 자리를 비
웠다.

"이거, 더럽게 꼬였어."

도 중사가 사라지자, 기철이 한탄했다.

"우린 아주 안 좋은 시기에, 안 좋은 장소에 와 있는 거라고."

기철의 푸념에도 우준은 대꾸하지 않았다. 그는 아까부터 기철이 실없는 소리를 한다고 여겼다. 때와 장소가 좋지 않다는 말에는 동의했지만, 잘못된 편에 서 있다는 생각은 하지 않았다. 잘못은 폭도들에게 있다고 믿었다. 그들은 소요를 일으키고 도청을 점거했다. 지금까지 드러난 행적은 정훈장교가 말한 반동 세력의 모습과 다르지 않았다. 다시 시내에 들어가고 싶은 마음은 추호도 없었지만, 행여 마주치면 단단히 응징하겠다고 별렀다.

민촌은 이상하리만치 고요했다. 밥 짓는 냄새가 나지 않았고, 개 짖는 소리도 들리지 않았다. 낮은 흙담 사이로 전봇대가 솟아 있었는데, 느슨한 전깃줄이 바람에 부딪혀 출렁거렸다. 이 낯선 적막에 기철은 소름이 돋았다. 마치 이승과 저승의 경계에 끼인 듯한 기분이었다. 밤이 되자 숲에서 싸늘한 야기夜氣가 몰려왔다. 밤기운은 지면의 습기와 맞물려 참호 안을 축축하게 적셨다. 도 중사는 바닥에 판초 우의를 깔고 철모를 벤 채 코를 골았다.

이날 밤은 새가 울지 않았다.

마쓰야마

중령 진급 경쟁률은 꽤 높았다. 육사 출신 중에도 누락자가 나왔다. 사단에서는 진급을 앞둔 소령이 과로로 쓰러졌다. 사인은 심장마비였다. 그의 죽음은 순직으로 처리됐는데, 국립묘지에 안장될 때 중령 계급장과 함께 묻혔다. 나는 두 번 만에 진급 명단에 이름을 올렸다. 이례적이라는 말이 나왔다. 특전사에서 인연을 맺은 여단장이 전방 사단장으로 영전하며 참모로 데려와 준 덕이었다. 실세 지휘관의 추천은 인사에서 막강한 영향력을 발휘했다. 소령으로 정년을 채울 뻔했던 나는 가슴을 쓸어내렸다.

주위에서 덕담이 쏟아졌다. 동기회에서는 축하 난을 보내왔다. 추란秋蘭이었다. 꽃은 9월에 피었는데, 2주 만에 시들었다. 꽃대를 잘라 주면 내년에 다시 핀다고 누군가 알려 주었다. 귀찮은 마음에 그냥 내버려두었다. 난은 겨울에 시들었다.

계급은 소령에서 중령(진)으로 바뀌었다. 군에서 진급 예정자는 진급할 계급으로 취급된다. 어정쩡한 상태였지만, 모든 문서에 나의 중간 계급이 반영됐다. 사단장은 사람들 앞에서 나를 '허 중령'이라 불렀다. 보직은 아직 결정되지 않았다. 인사 발령까지는 여유가 있었다. 나는 오랜만에 망중한을 즐겼다.

나를 썩 좋아하지 않던 연대장은 끝내 축하 인사를 건네지 않았다. 복도에서 마주쳤을 때도 가볍게 고개만 끄덕였다. 청와대 파견 장교 출신인 그는 사소한 형식을 지나치게 따졌다. 자구 하나, 문맥 하나를 트집 잡아 사사건건 나무랐다. 나를 꺼리는 이유는 분명하지 않았다. 연대 상황 부사관은 내가 간부사관 출신이라서 그가 불편해하는 것 같다고 했다.

"제2특전대대장, 축하한다."

사단장이 새 계급장을 달아 주며 말했다. 다시 특전사였다. 이쯤 되니 벗어날 수 없는 인연이라는 생각이 들었다.

"중령 허중묵, 충성을 다하겠습니다."

"장교는 중령부터 정규직이야, 잘해라."

사단장은 새로 단 중령 계급장을 엄지로 꾹 누르며 당부했다. 나는 전입 신고를 하러 특전사령부를 찾았다. 얼마 전 취임한 사령관은 특수전 경험이 없다고 들었다. 정보 병과 출신으로 육본 정보본부장을 했다는데, 그가 사령관에 취임하자 의아하다는 반응이 많았다. 별들의 인사야 내 알 바 아니었지만, 특이한 사례여서 어떤 사람인지 호기심이 생겼다. 하지만 막상 만나 보니 실망할 수밖에 없었다. 도수 높은 안경을 착용한 사령관은 왜소한 체격으로, 특전 베레모와 전혀 어울리지 않았다. 그는 시큰둥한 얼굴로 나를 맞았고, 악수하는 손에 힘을 주지 않았다.

"기왕에 여기까지 온 거니까, 열심히 해."

'기왕에…' 라는 말이 귀에 맴돌았다. 짧은 만남이었지만 나와 결이 다른 사람이라는 걸 느꼈다.

얼마 후 합동군사대학에 입교하라는 통지가 왔다. 초임 대대장을 위한 지휘 참모 과정이었다. 이번에는 꽤 긴, 1년짜리 장기 교육이었다. 아내는 직장 때문에 서울에 남기로 했다. 나는 홀로 짐을 챙겨 논산으로 향했다.

합동대에 도착하니 해군과 공군, 해병대 장교들도 함께 입교했다. 통합 교육을 실시하는 이유는 합동 작전의 중요성 때문이라고 설명했다. 간부사관 출신은 나를 포함해 두 명뿐이었다. 관사에 짐을 옮길 때 캐리어 뒷바퀴가 보도블록에 끼어 빠졌다. 나는 손잡이를 들고 낑낑대며 캐리어를 옮겼다.

일과는 단순했다. 기상 후 구보와 체조를 마치고, 합동

작전·군사전략·국제관계에 관한 강의를 들었다. 저녁에는 조별 토론과 세미나가 이어졌다. 합동대 성적이 진급에 지대한 영향을 미친다는 건 누구나 아는 사실이었다. 옆 사람을 쳐다보는 눈빛이 예사롭지 않았다. 은근한 경쟁 기류가 입교생 사이에 흘렀다. 겉으로는 동료애를 앞세워도, 속으로는 서로를 견제하고 있음이 분명했다. 애초에 성적에 큰 관심이 없던 나 같은 사람은 호인好人으로 대접받았다.

조장은 장동준 중령이 맡았다. 생도 시절 독일 사관학교에 유학을 다녀온, 이른바 독사파였다. 그는 중령에 오를 때까지 한 번도 진급에 미끄러진 적이 없었다. 엘리트 의식으로 똘똘 뭉친 장 중령은 곁을 잘 내주지 않았다. 누군가 친밀감을 표시하면 한발 물러서며 적당한 거리를 유지했다. 까다롭게 굴수록 상대가 움츠러든다는 사실을 알고 있는 듯했다.

장 중령은 교수요원의 심기 경호에 능하고, 조원들의 규정 위반에 예민했다. 정확히 말하면, 조원들의 잘못으로 자신이 피해를 입을까 봐 걱정했다.

"조원들에게 폐를 끼치면 안 됩니다."

장 중령은 다른 사람의 실수를 놓치는 법이 없었다. 누군가 용어와 날짜를 부정확하게 말하거나, 논리에 허점을 보이면 반드시 그것을 지적했다. 작은 틈새를 비집고 들어오는 그의 말에는 반박할 여지가 남아 있지 않았다. 말꼬리를 잡는 데도 명수였다. 토론 중에 다른 사람이 "대체로 그렇습니다"라고 하면, 그는 "대체로는 정확히 어느 정도를 의미합니까?"라고 되물었다. "아마도 그럴 겁니다"라고 하면 "근거는 뭡니까?"라고 재차 캐물었다. 장 중령은 지식을 설득이 아닌, 제압의 도구로 사용했다. 상대가 자신의 말에 반박하면, 클라우제비츠Clausewitz나 리델 하트Liddell Hart 같은 이론가들의 이름을 들먹였다. 상대를 논파해야 직성이 풀렸고, 자신이 옳다는 것을 인정받아야 만족하는 것 같았다. 시간이 지나자, 아무도 장 중령의 말을 거스르려 하지 않았다. 토론 시간에도 그의 눈치를 살피는 조심스러운 분위기가 형성됐다. 나도 최대한 장 중령과 마찰을 빚지 않으려 애썼다. 그럴수록 그는 점점 더 상관처럼 굴었다.

합동대에는 동맹국에서 온 외국인 장교도 여러 명 있었다. 마쓰야마 삼등 항좌도 그중 한 사람이었다. 주한 대사관 무관을 지낸 그는 한국어에 능통했고, 군사사史 석사학위가 있었다. 조심성 있는 성격 때문인지, 아니면 한일 관계를 의식해서인지 발언과 행동에 신중했다. 논쟁이 붙으면 한쪽으로 기울지 않으려 노력했고, 다른 사람의 말을 잘 경청했다.

전쟁사 토론 시간이었다. 강의는 역사적 사례를 정해 토의하는 방식으로 이뤄졌다. 이날의 주제는 「할힌골 전투」였다. 중일전쟁이 한창이던 당시, 일본과 소련이 맞붙은 이 전투에서 관동군은 크게 패배했다. 잠시 어색한 분위기가 흘렀지만, 마쓰야마는 뜻밖에도 주제 발표를 지원했다. 발표는 그가 일본인이라는 사실을 인식하지 못할 만큼 냉정하고 객관적이었다. 마쓰야마는 기갑전력의 열세가 일본의 패인이라고 분석했다. 소련은 전차와 항공기를 동원한 유기적인 작전을 펼친 반면, 일본은 보병 중심의 낡은 교리에서 벗어나지 못한 데다, 정신 전력을 과신하는 우를 범했다는 취지였다. 나아가 대본영의 통제가 느슨했던 관동군의 독단과 전횡이 이 같은 상황을 초래한 근본 원인이라고 짚었다.

"마지막으로 보여 드릴 것이 있습니다."

발표가 끝나갈 무렵, 마쓰야마가 입을 열었다. 그가 재생한 10초 남짓한 흑백 영상이 스크린에 올라왔다. 한국전쟁 당시 촬영된 필름에는 국군이 어디론가 돌격하는 장면이 담겨 있었다. 마쓰야마는 잠시 영상을 멈추고, 화면 속 한 인물을 포인터로 가리켰다. 그의 오른손에는 일본도가 들려 있었다.

"이상하지 않습니까? 한국군이 일본 군도軍刀를 들고 지휘하는 장면이."

처음 보는 모습이었다. 순간 저런 일이 있었나 싶었다.

"종전 후 일본은 군의 순혈주의와 경직성이 패배 원인이라고 분석했습니다. 실제로 대본영을 장악한 엘리트 참모들은 전장의 현실과 동떨어진 전략을 반복적으로 입안했지요."

마쓰야마는 침착한 표정으로 설명을 이어 나갔다. 담담한 목소리가 감정을 밀어내서, 그의 말에 객관성을 부여했다.

"전후 창립된 자위대는 이런 문화에서 벗어나기 위해 꾸준히 노력했습니다. 일본군의 잔재가 남은 것은 오히려 한국군입니다. 초기 수뇌부는 태평양전쟁 시절의 군대 문화를 답습했습니다. 병사들을 소모품 취급하며, 상명하복만 외치는 모습이 그 흔적입니다."

부사관 시절 겪은 부조리가 머릿속을 스쳐 지나갔다. 군기를 잡는다며 가학적인 악습을 강요하고, 사사로운 폭력에 눈 감는 일이 비일비재했다. 상관들도 이런 행동이 은근히 전투력에 도움이 된다고 여겼다. 당시 나는 폭력의 기원이 어디인지 몰랐지만, 지금은 알 것 같았다. 다른 나라 장교의 쓴소리는 거북했지만 틀렸다고 할 순 없었다.

"일본군을 망친 참모들은 대부분 중령이었습니다. 지금의 여러분들과 같습니다. 여러분의 마음에 있는 일본군을 없애야 합니다. 생각하지 않는 군은 이제 쓸모가 없습니다."

마쓰야마의 목소리에는 흔들림 없는 확신이 묻어났다. 그 순간 장 중령이 끼어들었다.

"스스로 생각하는 군인이라면, 위험하지 않습니까?"

"장 중령이 말씀하신 '생각하는 군인'은 어떤 겁니까?"

"명령에 복종하지 않고, 자의적으로 판단하는 군인을 말합니다."

"만일 명령이 부당한 것이라면, 그럼 어떻게 해야 합니까?"

불의의 타격이었다. 장 중령은 바로 답하지 못했다. 거기까지는 생각하지 않은 듯했다. 그의 얼굴이 벌겋게 달아올랐다.

"명령에 대한 당부當否는 군인의 판단 영역이 아닙니다."

장 중령이 가까스로 대답했다. 마쓰야마는 잠시 고개를 갸우뚱했지만, 더 말하지 않았다. 토론은 그렇게 끝났다. 식당으로 걸어가는 동안 어디선가 장 중령의 목소리가 들렸다. 그는 누군가에게 "마쓰야마가 군의 특수성을 무시하고 있다"라고 지껄이고 있었다.

이튿날 지휘소 훈련CPX이 열렸다. 훈련은 컴퓨터 시뮬레이션 방식으로 이뤄졌다. 이날 장 중령은 작전 참모를, 나는 군수 참모를 맡았다. 학사장교 출신 최진기 중령은 정보 참모 역할이었다. 훈련이 시작되자 통제관이 상황을 부여했다. 북한의 기계화사단 두 개가 남하한다는 설정이었다. 이미 예상했던 전개였다. 우리 팀은 차분하게 대응하기 시작했다. 그런데 얼마 지나지 않아 이상한 느낌이 들었다. 적 병력은 최 중령이 알려 준 진격 예상로를 우회해 다른 방향으로 밀고 내려왔다.

다급해진 장 중령이 예비대를 투입했다. 작전 지시를 하는 그의 목소리가 평소보다 높았다. 패닉에 빠지지 않으려 애쓰는 것처럼 보였다. 그럼에도 전세는 차츰 기울어졌다. 초동 조치에 실패한 아군은 적에게 중심부를 돌파당했다. 모니터 속의 붉은 화살표는 어느새 후방 깊숙한 곳까지 파고들었다. 우리 측 부대는 고립 상태에서 차례로 궤멸당했다. 전투 상황을 지켜보던 평가관이 혀를 차며 고개를 저었다. 최 중령의 얼굴이 창백해졌다. 훈련이 끝나자 장 중령은 벌컥 화를 냈다.

"정보 참모가 적의 진격로도 제대로 예측 못 하면 어떻게 합니까? 이게 장난입니까?"

그의 입에서 모욕적인 말이 거침없이 쏟아졌다. 사실 최 중령은 우리보다 훨씬 앞 군번이었고, 나이도 많았다. 여러 차례 진급 누락을 거듭하다 늦깎이로 중령이 된 인물이었다. 마침내 최 중령도 화를 참지 못하고 맞받아쳤다.

"야, 너무 잘난 척하지 마라, 여기는 다 너랑 같은 계급이다."

그러자 장 중령은 불쾌하다는 듯 응수했다.

"저는 선배님처럼 그렇게 막 질러 대는 스타일이 아닙니다."

"뭐 이 자식아?"

주위에서 뜯어말려 큰 싸움으로 번지지는 않았다. 그러나 두 사람은 퇴소할 때까지 서로에게 말을 걸지 않았다. 나는 장 중령의 강퍅한 성정에 고개를 흔들었다. 그는 평가와 실적에 집착했고, 다른 사람을 낮춰 보는 심리가 기저에 깔려 있었다. 장 중령에게 삶이란, 경쟁에서 이겨 자신을 입증해야 하는 또 하나의 전장戰場에 불과해 보였다. 소동은 가라앉았으나, 마음에 찝찝함이 남았다. 소위 엘리트라 불리는 인간의 밑바닥을 엿본 기분이었다.

그럭저럭 교육이 마무리되며 수료식이 코앞으로 다가왔다. 총장상의 영예는 마쓰야마에게 돌아갔다. 귀국을 앞둔 그를 위해, 합동대 동기들이 조촐한 송별회를 마련했다. 사복을 입고 모이는 비교적 편한 자리였다. 이날 마쓰야마는 깔끔한 폴로 셔츠에 청바지를 입고 왔다. 동맹국 장교들도 빠짐없이 참석했다. 장 중령은 모습을 드러내지 않았다. 당연한 말이지만, 그를 찾는 사람은 없었다.

소주와 맥주를 섞은 '한국식 폭탄주'가 몇 순배 돌았다.

"폭탄주는 주조법이 중요합니다."

나는 작은 잔에 소주를 가득 채워 맥주잔에 들이부었다. 그다음 숟가락으로 잔 바닥을 쿡 찍어 거품을 올린 뒤, 휘휘 말아서 돌렸다. 외국인 장교들이 신기한 눈으로 폭탄주 제조 과정을 지켜봤다.

"오늘 병권은 내가 쥐겠습니다."

사람들이 잔을 비우면 다시 걷어서 폭탄주를 만들었다. 한 잔씩 비울 때마다 기분 좋은 덕담이 오갔다. 누군가는 마쓰야마의 성실함을 칭찬했고, 누군가는 양국 사이의 가교가 되어 달라고 했다. 마쓰야마는 격려와 응원의 말을 들을 때마다 고개를 숙였다. 감사 인사는 짧고 분명했다. 분위기가 무르익자 우리는 2차로 자리를 옮겼다. 장소는 호프집이었다. 나는 마쓰야마에게 한국 생활의 소회를 물었다.

"의례적인 말 말고, '송산 님'의 진짜 이야기를 듣고 싶네요."

나는 그를 송산이라 불렀다. 마쓰야마松山의 한자를 우리말로 읽은 이름이었다. 정감이 가면서도, 입에 잘 붙었다. 동기들 역시 어느 순간부터 내가 만든 호칭을 따라 썼다.

"맞아, 맞아. 다테마에建前 말고, 혼네本音를 말해 달라고."

참석자들이 앞다퉈 거들었다. 줄곧 미소만 짓고 있던 마쓰야마는 잠시 천장을 쳐다봤다. 깜박이는 형광등 주위로 하루살이가 몰려들었다. 그의 시선이 다시 우리를 향했을 때 표정은 이전과 확연히 달라져 있었다.

"사실, 나의 할아버지는 관동군이었습니다."

순간 술잔을 기울이던 소리가 멎었다. 왁자지껄하던 자리는 삽시간에 얼어붙었다. 방글라데시 출신 장교가 눈치 없이 웃다가, 달라진 공기를 느끼고 머쓱한 표정을 지었다. 조심스러운 성격의 마쓰야마가 뜬금없이 예민한 화제를 꺼낸 탓에, 다들 당황한 기색이었다. 이런 분위기를 눈치 못 챌 리 없었지만, 그는 개의치 않았다. 말 없이 술잔을 내려다보며 혼잣말하듯 말을 이어 갔다.

"관동군 예하의 독립수비대 일원이었죠. 최종 계급은 잇토헤이(일등병), 그러니까 병졸에 해당했습니다. 나는 이 사실을 성인이 되어서야 알았습니다. 아무도 할아버지의 과거에 대해 언급하지 않았거든요."

마쓰야마의 고백은 충격적이었다.

그의 할아버지는 항상 손에 염주를 쥐고 있었다고 한다. 집에서는 물론, 바깥에서도 한손으로 늘 염주 알을 돌리고 있었다. 마쓰야마의 기억에 염주는 할아버지 손을 떠난 적이 없었다. 그는 이러한 조부의 행동을 깊은 신심쯤으로 치부했다. 하지만 할아버지는 어린 마쓰야마를 안아 준 적이 한 번도 없었다. 항상 일정한 거리를 두었고, 때로는 냉정하리만치 서먹하게 굴었다. 이 같은 태도에 마쓰야마는 서운함을 품고 있었다고 했다. 할아버지가 세상을 떠난 뒤에야, 그의 아버지는 할아버지에 얽힌 비화를 알려 주었다.

"만주에 있던 할아버지는 어느 날 토벌 임무에 투입됐습니다. 한간漢間이 알려 준 첩보 때문이었죠. 마을을 불태우고 돌아섰는데, 네 살짜리 여자아이 한 명이 울면서 할아버지에게 걸어오더랍니다. 어찌할 바를 몰라 장교를 쳐다보니, 그는 무뚝뚝한 표정으로 '처단하라'고 지시했습니다. 결국 할아버지는 아이를 처리했습니다. 그 일로 평생을 죄책감에 시달렸는데, 저를 보면 그 아이가 떠올라 품에 안지 못했다는 이야기를 전해 들었습니다."

나는 '처리했다'라는 말이 마음에 걸렸다. 아이를 죽였다는 뜻인지 궁금해졌다. 하지만 무거운 분위기 때문에 끼어들 수가 없었다.

"할아버지는 전우회 활동도 열심히 하셨어요. 어느 날 거기서 자기에게 명령을 내린 장교와 우연히 마주쳤습니다. 그는 잘나가는 종합상사의 중역으로 변신해 있었습니다. 조심스레 예전에 그런 명령을 내린 걸 기억하냐고 물었더니, 그는 아무렇지 않게 '아, 그런 일이 있었나요?'라고 했다고 합니다. 정작 살인 명령을 내린 사람은 아무런 상처도, 기억도 없었던 것이죠."

생각하지 않는 군은 쓸모없다.

불현듯 전쟁사 시간에 마쓰야마가 했던 말이 떠올랐다. 이제야 그 말을 꺼낸 이유를 알 것 같았다. 명령의 부당성을 한 번도 의심한 적 없던 내게, 그가 던진 화두는 적잖은 충격이었다. 군인은 명령에 살고, 명령에 죽어야 한다. 하지만 마쓰야마의 할아버지가 겪은 것처럼 반인륜적인 명령을 받으면 어떻게 해야 하는가. 그렇다고 일일이 시비를 가려가며 임무를 수행할 수도 없는 노릇이다. 한쪽 머리가 갑자기 욱신거렸다. 이유는 알 수 없었지만, 문득 마쓰야마의 할아버지와 아버지가 닮은 것 같다는 생각이 들었다. 무거워진 분위기도 바꿀 겸 내가 마지막 건배를 제안했다.

"자, 내일 수료식 준비하려면 이제 슬슬 일어나시죠!"

참석자들은 한목소리로 서로의 무운을 빌었다. 우리는 남은 술을 비우고 자리를 정리했다. 나는 참석자들에게 돈을 걷어 카운터로 향했다. 마쓰야마는 입교생들과 일일이 악수를 나눈 뒤 자리를 떠났다.

돌아가는 그의 뒷모습이 어딘가 홀가분하게 느껴졌다.

버스

길옆에 노란 유채꽃이 피었다. 정처 없는 홀씨가 국도 위를 헤매었는데, 메마른 곳에 떨어져 뿌리를 내리지 못했다. 간밤의 습기는 바람에 잦아들었지만, 해가 떠서 논두렁에 안개가 덮였다. 아침에는 새가 사람보다 일찍 일어났다.

이른 오전 기철은 먼 도로를 보고 있었다. 간밤에 쌓인 피로 때문에 고개가 점점 무거워졌다. 교대까지는 한 시간 정도 남았다. 우준은 참호 벽에 기대어 쪼그린 상태로 잠들어 있었다. 새벽에 그는 도 중사 몫까지 근무를 섰다. 흙벽을 타고 내려온 개미들이 우준의 손등과 모가지를 부지런히 오갔다. 일찍 일어난 도 중사는 잡낭에서 연마석을 꺼내 대검을 벼리기 시작했다. 갈린 쇠는 뾰족한 끝에 숙살肅殺의 위력을 집중시켰다. 개미들은 도 중사 몸에 달라붙지 않았다.

아침을 거른 탓에 허기가 심하게 몰려왔다. 기철은 참호 아래 놓여 있던 반합을 집어 들었다. 어젯밤 끓인 쌀죽이 딱딱하게 말라붙어 있었다. 수통의 물을 끓여 반합에 붓자, 눌은밥이 벗겨지며 곰삭은 냄새가 올라왔다. 고향의 막걸리도 이런 향을 낼 때가 있었다. 양조장에서 일하는 친구 놈은 가끔 기철을 불러 자신이 담근 술을 내줬다. 그는 불 조절이 서툴러 종종 시루 바닥을 그을렸다. 그러면 꼭 이런 맛이 나곤 했다.

멀리서 마이크로버스 한 대가 다가왔다. 빠르지도, 느리지도 않은 완만한 속도였다. 기철은 급히 우준을 깨웠다. 우준이 흘린 침을 닦으며 일어났다. 완전 무장한 대대 간부가 버스 쪽으로 걸어가는 모습이 보였다. 그는 진압봉으로 유리창과 차체를 세차게 두드렸다. 젊은 기사가 차창 너머로 고개를 내밀고 뭔가를 설명했다. 버스는 잠시 뒤로 물러나는 듯하다가, 다시 앞으로 굴러왔다. 이 모습을 본 간부가 버럭 화를 냈다.

"이 새끼들 이거, 안 되겠구만."

'이쪽으로 오면 안 되는데…'라는 생각이 간절했다. 기철은 버스가 멈추기를 빌고 또 빌었다. 그 순간, 옆에서 요란한 총성이 울렸다. 좌측 진지에서 버스를 향해 발포한 것이었다. 군인들은 조정간을 단발로 놓고 한 발씩 쏘았지만, 여러 명이 동시에 사격해 마치 연사처럼 느껴졌다. 기철의 양쪽 귀가 먹먹해졌다. 명령이 떨어졌는지 파악할 시간도 없었다. 앞에서는 도 중사가 앉아쏴 자세로

계엄군

71

조준사격을 하고 있었다.

"넌 뭐하고 있어 이 자식아, 빨리 쏴!"

뒤에서 호통이 날아왔다. 총소리 때문에 누구의 목소리인지 구분할 수 없었다. 기철은 안전장치를 풀고 장전 손잡이를 뒤로 당겼다. 노리쇠가 후퇴하며 금속이 맞물리는 소리가 났다. 초탄初彈을 물린 약실이 금세 묵직해졌다. 기철은 손가락을 방아쇠에 걸고 버스 후미를 겨눴다. 총신을 받치는 왼손이 자꾸만 떨려서, 가늠쇠와 가늠자가 정렬하지 못했다.

차량 뒤편에서는 하얀 물체가 어른거렸다. 피격으로 인한 진동 때문에, 물체는 좌우로 이리저리 움직였다. 기철은 가늠쇠 구멍에 그 물체를 올려놓고 숨을 깊이 들이마셨다. 그리고 손끝으로 방아쇠를 밀어서 격발했다.

엠16의 반동은 낮았으나, 소리의 울림은 깊었다. 반동은 어깨에서 끝나지 않고 몸 안쪽으로 스몄는데, 발사체의 감각과 묶여서 따로 분리되지 않았다. 물렁한 것에 꽂힐 때는 물렁한 감촉이, 딱딱한 것에 박힐 때는 딱딱한 느낌이 났다. 얼마 지나지 않아 버스는 갈가리 찢겨 나갔다. 총소리는 움직임이 완전히 사라진 후에야 잦아들었다. 주위가 잠잠해진 것을 확인한 중대장이 기철을 보며 말했다.

"가서 생존자가 있는지 확인해라."

명령의 의미는 불분명했다. 생존자가 있으면 다행이라는 건지, 생존자가 있어서는 안 된다는 뜻인지 가늠할 수 없었다. 기철이 버스에 접근하는 동안 간부들은 사격을 통제했다. 일부는 사격의 흥분을 주체하지 못하고 여전히 허공을 향해 방아쇠를 당겼다. 고참들이 달려가 그들의 뺨을 때리고 병기를 빼앗았다.

흉하게 주저앉은 버스는 사냥당한 짐승처럼 보였다. 주위는 설명하기 어려운 정적이 가득했다. 한때 살아 움직이던 것이, 한순간에 멎은 느낌이었다. 기철은 천천히 버스 계단을 올랐다. 안에 들어서자 눅진한 피비린내가 자욱했다. 십여 구의 시신이 서로 뒤엉켜 있었는데, 튀어나온 살점과 내장이 유리창에 덕적덕적 붙어있었다. 흘러나온 핏물과 시즙 때문에 바닥이 미끄러웠다. 속이 메스꺼워진 기철은 손으로 입을 틀어막았다. 그는 억지로 참으면서 시신의 머릿수를 세기 시작했다.

뒤편에는 젊은 여자의 시신이 있었다. 감청색 치마와 분홍 블라우스를 입고 있었는데, 옷은 피에 젖어 본래의 무늬와 색깔을 잃었다. 등을 관통당했는지 어깻죽지가 너덜거렸다. 가까이서 보니 손에 무언가를 쥐고 있었다. 가재로 만든 하얀 손수건이었다.

계엄군

73

마음이 쿵 내려앉았다. 기철은 빨리 이곳에서 벗어나고 싶었다. 급하게 뒤돌아 나오려는데, 군화에 말캉한 것이 밟혔다.

"아저씨, 저 좀 살려 주세요."

교련복 차림의 소년이었다. 그는 엎어진 상태로 숨을 몰아쉬고 있었다. 총알이 이마를 빗겨 나간 듯 왼쪽 머리에서 피가 흘러내렸다.

"너 이름이 뭐냐?"

아이는 대답하지 못했다. 기철은 일단 소년을 들쳐 업고 버스를 빠져나왔다. 등에 업힌 소년은 계속 무언가를 중얼거렸다. 미약한 온기가 기철에게 전해졌다. 다행이다… 기철의 눈에 눈물이 맺혔다.

"생존자 한 명을 확인했습니다!"

진지로 돌아온 기철이 소년을 눕히며 보고했다. 중대장은 떨떠름한 표정이었다. 그는 소년을 못 본 체하며 사살 인원이 몇 명인지 물었다. 기철이 열 명이라 답하자, 군화 끝으로 소년을 가리켰다.

"이거 포함해서야?"

중대장은 소년을 '이거'라고 지칭했다. 기철은 처음 머릿수를 셀 때 아이를 포함했는지 헷갈렸다. 질문에 바로 답하지 못하고 우물쭈물했다.

"그게…"

"너 이 새끼, 똑바로 보고 안 해?"

조인트에 군홧발이 날아왔다. 기철은 휘청이며 뒤로 한 발짝 물러났다. 정강이가 곡괭이에 찍힌 듯 쓰라렸다. 중대장은 옆에 있던 하사에게 버스를 다시 확인하라고 지시했다. 하사는 철모를 고쳐 쓰며 기철을 노려봤다.

"멍청한 놈이 산수도 제대로 못 하고…"

그는 투덜거리며 발걸음을 옮겼다. 그제야 중대장이 소년에게 이름과 주민등록번호를 물었다. 사무적인 말투였다. 소년은 중대장이 던지는 질문을 알아듣지 못했다. 그저 가느다란 목소리로 살려 달라는 말만 반복했다. 보다 못한 기철이 나섰다.

"산 아래 구급차가 있으니, 제가 데려다주겠습니다."

그러자 중대장이 무섭게 쏘아봤다. 건방진 소리 하지 말라는 눈빛이었다. 그때 진지에 있던 도 중사와 우준이 헐레벌떡 뛰어왔다.

"에이 쌍, 그냥 죽여 버리지, 뭐 하러 데려왔어?"

도 중사는 소년을 보자마자 소리를 질렀다. 기가 죽은 기철은 대꾸하지 못했다. 도 중사는 착검한 소총을 옆구리에 끼우고 있었다. 살이 끼인 듯 대검이 유난히 번들거렸다. 중대장은 도 중사와 기철을 번갈아 쳐다봤다. 그리고 싸늘하게 말했다.

"조용히 처리해."

도 중사는 기다렸다는 듯 소년의 팔을 포박하고 손수레에 실었다. 그리고 우준에게 수레를 끌고 자신을 따라오라고 했다. 우준이 덜덜 떨리는 손으로 리어카 손잡이를 잡았다. 도 중사는 기철에게도 같이 가자는 눈짓을 보냈다. 그러나 기철은 아무 말도 하지 않은 채 시선을 피했다.

"하여튼 도움 안 되는 새끼… 됐다, 임마."

도 중사가 엄지손가락으로 목을 긋는 시늉을 했다. 그는 우준을 데리고 산으로 올라갔다. 숲의 가운데서, 섬뜩한 바람이 불었다. 10여 분 뒤 두 발의 총성이 울렸다. 놀란 새들이 푸드덕 하늘로 날아올랐다.

「외곽도로 봉쇄 작전 임무 수행」

그날 밤 5중대장 박위영 대위는 또박또박한 글씨로 상황일지에 12자字를 적었다. 그는 몇 자를 더 적으려다 그만두었다. 문장은 간결하고 군더더기가 없었다. 압축된 보고문은 사태의 본질을 행간에 숨기고, 허다한 이름을 은폐했다.

박 대위의 기록은 며칠 뒤 전교사 작전일지로 취합됐다. 2군사령부는 보고 항목을 시간순으로 추려 일련번호를 매겼다. 계엄군 상황보고서를 정리하던 장교는 박 대위가 활착한 문자들에 만족했는데, 건조한 서술로 불필요한 사실을 걸러낸 훌륭한 요약이라 생각했다. 글로 상황에 대한 인식을 바꿀 수 있다는 점이 그를 흡족하게 만들었다. 박 대위의 보고가 흠잡을 데 없었으므로, 보안사는 일지에 개입하지 않았다.

암

아버지의 암통癌痛은 독하고 악착스러웠다. 처음에는 칼처럼 찌르는 듯하다가, 나중에는 망치처럼 무겁게 압박해 왔다. 매일 같이 체중이 줄었고, 머리와 발톱이 힘없이 빠졌다. 살거죽은 고무처럼 늘어났는데, 복수가 차서 아랫배만 불러왔다. 아버지는 가려움을 견디기 힘들어했다. 도저히 참을 수 없으면 철 수세미로 팔과 다리를 긁었다. 뜯긴 살점이 고름과 함께 묻어 나왔다. 장腸으로 내려가지 못한 담즙이 장기에 쌓여 소양증이 생긴 것이라고 의사는 설명했다.

병원은 일찌감치 치료를 포기했다. 오래전 담도에 터잡은 암이 온몸에 퍼져 손쓸 수 없다고 했다. 의사는 방사선으로 암의 진행을 늦출 수는 있으나, 종양을 없애는 건 불가능하다고 말했다. 아버지는 의사보다 더 빠르게 삶을 단념했다. 주변에 발병 사실을 감췄는데, 나도 병색이 완연한 다음에야 알게 됐다. 당장 큰 병원에 입원하자고 했지만, 아버지는 완강히 거절했다.

"치료한다고 낫지 않는다. 죽을 때가 됐으니 죽는 것

이다.”

마치 죽음을 기다리고 있었다는 반응이었다. 의사가
말한 기간은 3개월이었다. 아내는 잠시 휴직하고 병 수
발을 하겠다고 했다. 하지만 아버지는 이마저도 허락하
지 않았다.

“며느리에게 밑을 내주기 민망하다. 날 망신시킬 셈이
냐.”

우리는 일주일에 두 번, 간병인을 보내는 것으로 합의
했다. 늙은 간병인은 성의가 없었다. 주로 마당에 나와
시간을 때웠고, 화단에 물을 주다가 시간이 되면 돌아갔
다. 마지못해 일을 할 때는 싫은 티를 팍팍 내면서 투덜
거렸다. 그럼에도 간병비는 꼬박꼬박 챙겼다. 손가락에
침을 묻혀 지폐를 세었고, 틈만 나면 더 달라고 졸랐다.
나는 한 달 만에 간병인을 교체했다. 잘린 간병인은 떠나
면서 악담을 퍼부었다.

“제기럴, 다 죽어 가는 사람 봐주는 게 어디 쉬운 줄 알
아?”

새 간병인은 미얀마에서 온 여성이었다. 괴산의 담배
농장에서 일하던 그녀를 농협 직원이 소개해 줬다. 나이
는 스물대여섯 정도였고, 이름은 와와wah wah였다. 와와
는 신분증명서가 없었다. 선뜻 채용하기가 꺼려졌다.

"내가 나라 녹을 먹는데, 불법체류자를 쓸 수 있나?"

"난민이라니까 일단 들여 봐요. 지금은 아버지를 잘 모시는 게 중요하지. 상주 가능한 간병인이 어디 흔한가요."

와와는 눈이 크고 피부가 까맸다. 카렌족族 출신이었는데, 미얀마 정부군이 반군 마을을 소탕할 때 가족을 잃었다고 했다. 선교사의 도움으로 그녀만 간신히 살아남았는데, 태국으로 탈출했다가 밀항선을 타게 됐다고 소개인은 설명했다. 거짓말 같지는 않았다. 그녀는 나무로 만든 십자가를 목에 걸고 있었다. 나는 탐탁지 않았지만, 아내는 마음에 들어 했다.

"허황옥 같은 이야기네, 당신도 김해 허씨잖아. 와와도 귀화하면 허씨로 개명하는 게 좋겠다."

아내가 웃으며 말했다. 와와는 한국어를 잘 못했다. 농장에서 배운 몇 마디가 전부였다. 하지만 눈치가 빨랐다. 표정만으로 상대의 기분을 알아차렸다. 나는 예전에 쓰던 방을 그녀에게 내줬다. 낡은 책장을 치우고 장판을 교체하니 그런대로 깔끔했다. 와와의 짐은 옷가지 두어 벌이 전부였다. 옷 보따리를 풀어 바닥에 내려놓는 손놀림이 야무졌다. 그 모습을 보며 나는 이천 년 전 허황옥이 가락국에 상륙하던 장면을 그려 보았다. 먼 바닷길을 건너왔다면 그녀의 행장도 이처럼 가벼웠을 것이다. 와와의 체온이 스민 방안에 온기가 돌았다. 아버지는 간병인 일에 일체 간여하지 않았다. 아내가 와와에게 간단히 수발하는 법을 알려 줬다.

아버지는 병원에서 준 약을 먹으며 하루하루를 버텼다. 약봉지에는 주황색, 빨간색, 파란색 알약이 섞여 있었다. 약효는 오래가지 못했다. 몇 번 먹으면 금방 내성이 생겨, 진통 효과가 사라졌다. 통증이 시작되면 아버지는 식은땀을 흘리며 밤새 잠자리를 뒤척였다. 약기운이 진해서 새벽까지 헛구역질을 했고, 이부자리는 누런 체액으로 흥건해졌다. 와와는 더러워진 이불과 속옷을 빨아서 햇볕에 말렸다. 많이 해 봤는지 익숙한 솜씨였다. 급한 일이 생기면 와와는 아버지 휴대전화로 대신 연락을 해 왔다. 나는 부대 업무로 바빠 자주 찾지 못했다. 아버지는 의사가 정한 기한을 넘겨서 살았다.

'긴급, 아버지 아픔.'

새벽에 문자가 왔다. 와와가 보낸 것이었다. 문자를 보는 순간 심장이 덜컥 내려앉았다. 잠옷 차림 그대로 외투만 걸친 채 시동을 걸었다. 마지막으로 본 아버지의 투박한 얼굴이, 그리고 구부정한 등이 자꾸 떠올랐다.

고향집에 도착하자마자 골목에 차를 세워 놓고 마당으

로 뛰어 들어갔다. 안방에서 희미한 불빛이 새어 나왔다. 아버지는 다리에 이불을 덮고 앉아서 텔레비전을 보고 있었다. 한 손에 리모콘을 쥐고 있었는데, 화면의 푸른빛이 아버지의 얼굴을 비추고 있었다. 평소와 다름없는 모습에 나도 모르게 안도의 한숨을 내쉬었다.

고개를 돌린 아버지는 그런 나를 보며 의아한 표정을 지었다. 뭐 하러 왔냐는 얼굴이었다. 다리에 힘이 풀린 나는 그만 마루에 털썩 주저앉았다. 바닥에는 죽은 모기들이 널브러져 있었다. 항암제가 혈액에 녹아든 줄 모르고, 밤사이 아버지 피를 빨던 녀석들이다.

"운도 지지리 없는 놈들."

아버지는 손으로 모기를 쓸어 재떨이에 담았다. 발암發癌 이후 아버지는 담배를 피우지 않았다. 재떨이는 타구로 용도가 바뀌었는데, 기침할 때마다 담즙 섞인 녹색 가래가 나왔다. 어제 와와가 씻어 놨는지 재떨이는 깨끗했다.

"담배 있니?"

"암 환자가 무슨 담배를 찾아요."

"다 끝났는데 어떠냐… 한 대만 피우자."

나는 마지못해 안주머니에서 담배와 라이터를 꺼내 방문 앞에 놓았다. 아버지는 손에 힘이 없어 라이터를 켜지 못했다. 보다 못한 내가 대신 불을 붙여 드렸다.

"이럴 땐 성냥이 더 낫다니까."

아버지는 담배를 두어 번 깊이 빨아들였다. 무너진 허파를 더듬은 연기는, 거친 숨과 함께 밖으로 빠져나왔다. 갈라진 숨소리에 이름 모를 회한이 실려 있었다.

"내가 죄가 많구나."

"무슨 말씀이세요?"

아버지는 지그시 눈을 감았다. 그리고 힘없이 고개를 저었다. 이번에는 내가 먼저 말을 걸었다.

"얼마 전에 차를 사려고 전시장에 갔는데, 이제 디젤 엔진은 생산을 안 한다고 하네요."

내 말에 아버지는 대답하지 않았다. 시시한 말로 당신을 붙들어놓으려는 걸 알아챈 것 같았다. 아버지는 부쩍 세상과 멀어지고 있었다. 무언가를 원하거나 바라지도 않았다. 그 고요한 체념이 나는 두려웠다. 아버지가 향하는 곳은 빛도 닿지 않고, 소리도 없으며, 잎이 떨어져도 바닥에 닿지 않는 곳이었다. 나는 어떻게든 아버지를 붙잡고 싶었다. 이 집과, 이 계절 안에 그대로 묶어두고 싶었다.

"어젯밤에 날 데리러 버스가 왔어."

"무슨 버스요?"

"화순 가는 버스."

계엄군

83

당최 무슨 말인지 알 수가 없었다. 우리 집은 화순에 아무런 연고가 없었다. 어릴 때 살았던 기억도 없었고, 친척이나 친구도 살지 않았다. 나는 찬찬히 아버지 얼굴을 들여다봤다. 섬망인가 싶었지만, 그러기에는 너무 멀쩡했다. 아버지의 눈은 어느 때보다 또렷하고 명료했다. 뭔가를 직시하는 듯한 선명한 눈빛이었다. 나는 조용히 입술을 깨물었다.

"오늘 네가 오려는지, 태워 주질 않더구나."

"그런 버스는 앞으로도 타지 마세요. 화순에 가고 싶으면 봄에 저랑 같이 가고요."

불길한 마음에 나는 아버지의 말을 막았다.

"와와는 좋은 애다. 내가 죽더라도 잘해 줘라."

"걔는 걱정 마세요. 그리고 죽는다는 말 좀 하지 마세요."

"쉬련다. 이제 가거라."

아버지는 다시 자리에 누웠다. 그리고 몸을 천천히 돌려 벽 쪽을 바라보았다. 그제야 와와가 잠이 덜 깬 모습으로 마루에 나왔다. 무얼 좀 드셨냐고 물었으나, 와와는 고개를 가로저었다. 빨랫줄에 걸린 이불이 바람에 펄럭이고 있었다. 와와는 이불 끝을 잡아당겨 빨래를 걷기 시작했다. 나는 오늘 밤 여기서 자고 가겠다고 했다. 인사실에 전화를 걸어 연차 상신을 부탁했다.

정오부터 상황이 다급하게 바뀌었다. 아버지 병세가 가파르게 악화했다. 의식을 지탱하던 중추가 무너지면서 신경계가 마비됐고, 팔다리가 제멋대로 흔들렸다. 나는 사설 구급차를 불러 아버지를 도립병원으로 옮겼다. 아내도 반차를 내고 아들과 함께 병원으로 부리나케 달려왔다. 의사는 오늘 밤을 넘기지 못할 것이라고 했다.

"아침만 해도 멀쩡하셨는데…"

"임종 전에 그런 경우가 가끔 있습니다. 회광반조回光返照라고도 하죠."

저녁부터 아버지의 숨소리가 부쩍 가늘어졌다. 들숨과 날숨의 간격이 조금씩 늘어지기 시작했다. 나는 침대 옆 간이 의자에 앉아, 아버지의 말라붙은 가슴이 힘겹게 오르내리는 것을 지켜봤다. 끝이 다가오고 있음을 직감했다. 아버지는 앙상한 손으로 와와가 준 십자가 목걸이를 쥐고 있었다. 여전히 말은 없었다. 평생 말이 없었지만, 지금처럼 아버지의 침묵이 원망스러운 적은 없었다. 밤 11시쯤 되자 아버지가 힘겹게 눈을 떴다. 텅 빈 시선이 잠시 허공을 맴돌았다.

"무슨 말씀이라도 해 보세요…"

하지만 눈은 맥없이 다시 감겼다. 그리고 마른 눈물이 눈가에 맺혔다. 나는 손수건으로 눈물을 닦아드렸다. 호흡은 들쑥날쑥해졌고, 심전도 수치는 서서히 가라앉았다. 죽음은 무거운 하중을 형성해 남은 생을 짓누르기 시작했다. 깊고 어두운 침잠沈潛이었다. 마지막 순간에 아버지의 입술이 살짝 움직였다. 소리는 들리지 않았지만, 입 모양이 희미하게 바뀌었다. 그것이 끝이었다. 남은 의식은 소실점 너머로 흩어졌고, 마지막에 삼킨 숨은 기도를 빠져나오지 못했다. 당직의와 간호사가 병실로 들어왔다.

"영면하셨습니다."

아버지는 밤 11시 14분에 사망했다. 의사는 손목시계를 확인한 뒤 일지에 사망 시각을 적었다. 간호사가 밖으로 불러내 사망신고 절차를 안내했다. 아내는 병원과 연결된 장례식장에서 상복을 사 왔다. 철없는 아들은 집에 가고 싶다며 칭얼거렸다.

다음날 사령관 명의의 조화가 배달되었고, 부대원의 조문이 이어졌다. 와와가 곁에서 빈소 일을 거들었다. 아버지 휴대폰에는 스무 명 남짓의 연락처가 남아 있었다. 나는 김우준이라고 적힌 번호로 연락을 시도했다. 하지만 전화를 받지 않았다. 일단 문자로 부고장을 남겨 놓고 전화기를 계속 켜놓았다.

염습을 마친 아버지 몸은 가늘고 여위었다. 너무 작아서 아버지처럼 느껴지지 않았다. 죽음이 장악한 얼굴에는 고적孤寂한 응달이 드리워져 있었다. 미련이 남은 듯 쓸쓸한 표정이었다.

아버지는 별다른 유언을 남기지 않았다. 마지막 순간, 아버지가 못다 한 말이 무엇이었는지 문득 궁금해졌다. 가능하다면 목에 걸린 그 말을 꺼내 귀에 대고 싶었다. 나에게 남긴 말 같지는 않았다. 아버지의 마지막 시선은 허공을 향했다. 아마도 그 말은, 스스로에게 건넨 말이었을 것이다.

싸구려 목관에는 알록달록한 조화가 채워져 있었다. 장례식장에서 서비스로 넣어 준 것이었다. 아버지와 꽃은 어울리지 않았다. 나는 주머니에서 담배를 꺼냈다.

"관에 이거 넣어도 됩니까?"

장의사가 고개를 끄덕였다.

"그러시죠. 다만 소각로에 들어갈 거라서 라이터는 안 됩니다."

나는 아버지가 마지막으로 피웠던 담배를 머리맡에 놓아 드렸다. 생각해 보면 아버지의 담배 연기는 늘 아득하고 정처가 없었다. 닿을 수 없는 곳을 향하는 향불처럼 느껴질 때가 많았다. 나는 담배 한 개비를 꺼내 아버지의 검지와 중지 사이에 끼워 드렸다. 사후 경직 때문에 손가락이 굳어 잘 펴지지 않았다. 보다 못한 장의사가 나를 도왔다.

"생전에 담배를 좋아하셨나 봅니다. 이제 마지막 인사를 하세요."

장의사 말에 나는 아버지 이마에 가볍게 입을 맞췄다. 입관식을 마친 나는 장례식장으로 돌아왔다. 아내가 따뜻하게 데운 커피를 가져다주었다. 아직 실감이 나지 않았다. 죽음은 생각보다 가벼웠고, 멀리 있지도 않았다. 삼우제를 마치는 날까지 우준이 아저씨는 연락이 없었다. 나는 통신사에 연락해 가입자의 사망 사실을 알리고 해지 신청을 했다. 전화를 받은 직원은 형식적으로 조의를 표하고 사망신고서를 보낼 팩스 번호를 남겼다.

아버지의 몸은 소각로에서 잔멸했다. 화장장의 불길은 출국 수속을 마치고 저승으로 떠나는 화차火車처럼 보였다. 벽에 걸린 디지털시계가 남은 시간을 알려 줬는데, 숫자가 줄어들수록 아내의 울음소리가 커졌다. 아내의 슬픔은 죽음 그 자체보다는 이별의 서러움에서 온 것처럼 보였다. 불길이 잦아들면서 마침내 숫자가 영을 가리켰다. 직원은 유해가 담긴 봉안함을 하얀 천에 싸서 넘겨주었다. 장지는 따로 마련하지 않았다. 나는 아버지의 분

골을 미호강에 뿌렸다. 무심한 강물이 망자의 마지막 흔적을 삼켰다.

산 너머에서 포곡새가 울었다.

와와

"난민 인정, 그거 어려운 건가?"

"조건이 까다롭습니다. 무슨 일이십니까?"

법무참모 류진하 대위가 말했다. 나는 조심스레 와와 이야기를 꺼냈다. 류 대위는 사뭇 진지한 표정으로 내 얘기를 들었다. 그리고 내용을 살펴본 뒤 다시 보고하겠다고 했다. 이틀 뒤 그는 두툼한 서류 뭉치를 들고 다시 찾아왔다.

"카렌족과 미얀마 정부의 분쟁은 70년이 넘었습니다. 최근에는 갈등이 더 격화되고 있습니다."

류 대위는 외신을 번역한 기사를 건넸다. 사진 속 인물들은 눈이 크고 까무잡잡했는데, 묘하게 와와를 닮아 있었다.

"대대장님이 말씀하신 내용이 사실이고, 입증 가능하다면 난민 인정을 받을 수도 있습니다."

류 대위는 난민 소송을 맡아 주는 전문 변호사를 알고 있다고 했다. 요즘에는 대형 로펌마다 공익 법인을 두고 있는데, 선배가 그곳에서 일한다는 것이었다. 바로 주선

할 수도 있지만, 그 전에 와와를 한번 만나 보고 싶다고
했다.

"직접 확인할 사항이 몇 가지 있습니다."

그 무렵 와와는 서울의 한 고시원에 묵고 있었다. 아버
지가 세상을 떠난 후 고향집은 생기를 잃었다. 와와는 온
기가 사라진, 허전하고 쓸쓸한 분위기를 견디기 힘들어했
다. 전에 일하던 담배 농장도 문을 닫아 괴산으로 돌아갈
수도 없었다. 고민하던 아내가 와와를 서울로 데려왔다.

"그 집에 혼자 둘 순 없잖아. 우릴 많이 도와줬는데."

나는 아버지가 남긴 통장에서 예금을 찾아 고시원 보
증금에 보탰다. 아버지는 내게 시골집과 이백만 원이 든
통장을 유산으로 남겼다. 미등록 외국인을 돕는 사실이
알려지면 징계를 받을 수도 있지만, 와와만큼은 챙기고
싶었다. 와와를 만나는 날, 류 대위는 정장 차림으로 나
타났다. 군인이 아니라 실력 있는 변호사처럼 보였다.

"살던 지역은 어디였습니까?"

"고향의 전경을 스케치해 줄 수 있나요?"

"미얀마군이 진입한 날짜를 기억합니까?"

"미국인 선교사의 나이와 이름, 교단이 어떻게 되나요?"

류 대위는 한국어와 영어를 섞어 질문을 던졌고, 의사
소통이 막히면 번역기를 썼다. 추궁처럼 들릴 수 있다는

점을 의식한 듯, 그는 부드러운 말투를 유지했다.

와와의 증언은 상세하고 구체적이었다.

정부군의 무차별 공습은 사흘 넘게 지속됐다고 한다. 마을은 포연 속에 잠겼고, 수비대는 쫓기듯 밀림으로 퇴각했다. 뒤이어 장갑차를 앞세운 정부군이 마을로 진입했다. 와와의 아버지와 어머니, 그리고 남동생은 이날 죽었다. 밖에 있던 와와만 간신히 교회로 몸을 피할 수 있었다. 미국인 선교사는 그녀를 단상 아래 숨겼다. 그리고 성조기를 꺼내 문밖에 걸어 놓았다. 다행히 미얀마군은 예배당을 그대로 지나쳤다. 와와는 비좁은 공간에서 꼬박 이틀을 버텼다. 대소변도 앉은 자리에서 해결해야 했다. 그녀는 말하는 도중 몸을 부르르 떨었는데, 그날의 소리와 냄새를 어딘가에 간직하는 것처럼 보였다.

와와는 연습장에 지도를 그려 가며 자신이 겪은 일을 설명했다. 그녀가 몸을 숨겼던 교회도 표시돼 있었다. 와와는 그곳에 작은 십자가를 그려 넣었다. 문득 그녀가 아버지에게 준 십자가 목걸이가 생각났다. 목걸이는 아버지의 육신과 함께 화장터의 불길 속으로 사라졌다.

류 대위는 선교사 이름을 적어 달라며 볼펜을 내밀었다.

"Noah Anderson, Elina Anderson"

와와가 또박또박 이름을 적었다. 선교사들과 연락이 닿으면 난민 인정을 받을 수 있다고 류 대위가 말했다.

"그런데 선교사 소재는 어떻게 파악하지?"

내가 물었다.

"미국 침례교단에 서한을 보낼 예정입니다. 직접 파송하지 않았더라도, 공인된 목회자면 등록이 되어 있을 겁니다."

와와 얼굴에 오랜만에 미소가 번졌다. 나는 류 대위와 함께 부대로 돌아왔다. 상을 치르느라 미뤄둔 업무가 켜켜이 쌓여 있었다. 고작 일주일간 자리를 비웠는데, 할 일이 산더미였다. 나는 이틀 동안 영내에서 먹고 자며 생활했다. 오랜만에 먹는 짬밥이 입에 맞았다.

아내는 와와의 생계를 걱정했다. 와와는 미용 기술을 배우고 싶어 했지만 불법체류 신분이어서 학원에 등록할 수 없었다. 수소문 끝에 경기도에 있는 카렌 공동체와 연락이 닿았다. 와와는 그곳에 있는 미용실에 보조 직원으로 들어갔다. 급여는 거의 없었지만, 기술을 알려 주는 조건이었다.

"와와는 빨리 적응하는 것 같아."

저녁을 먹으며 아내가 말했다.

"손재주가 좋으니까 그렇지. 주인 성격은 어때?"

"오십쯤 되는 아줌마인데, 서글서글한 편이야."

아내는 와와가 자리를 잡을 때까지 고시원비를 내준다고 했다. 와와는 미안해하면서도 거절하지 않았다.

류 대위는 봄에 제대했다. 전역 신고를 마친 그는 내게 명함을 건넸다. 명함에는 번듯한 법무법인 이름이 찍혀 있었다. 나도 한 번쯤 들어 본 적 있는 대형 로펌이었다.

"요새는 이런 걸 입도선매라고 부른답니다."

류 대위의 성적이 좋아서 입대 전에 입사가 예정된 사례라고 인사참모가 귀띔했다.

"멋있는데. 이제는 변호사님이라고 불러야 하나?"

"그동안 잘 챙겨 주셔서 감사했습니다, 대대장님."

"워낙 실력이 좋으니까… 나가서도 분명 잘할 거야."

"와와 씨 사건은 계속 챙기도록 하겠습니다. 필요하면 정식으로 수임하는 것도 가능하고요."

"신참인데 그런 게 가능한가?"

"업무에 방해만 되지 않으면 괜찮습니다. 공익사건이니까요."

"그렇게 해 준다면 정말 고맙겠네."

잠시 생각하던 류 대위는 내게 진술 보증인으로 나서 줄 수 있느냐고 물었다. 어느 정도 지위가 있는 사람의 신원 보장이 필요하다는 것이었다.

"동맹국의 고급 장교가 나서 주면 공신력이 훨씬 높아집니다."

나는 쉽사리 대답하지 못했다. 아무래도 현역 신분이 마음에 걸렸다. 내가 주저하자, 류 대위가 은근한 말투로 보챘다.

"무작정 서한을 보내면 답신이 오지 않을 가능성도 있고요."

와와에게 잘해 주라던 아버지의 말이 생각났다.

"알겠네, 알겠어. 내가 써서 주지."

"그럼 와와 씨 자술서까지 포함해서 같이 부탁드립니다. 공증은 제가 하도록 하겠습니다."

집으로 돌아와 류 대위가 한 말을 아내에게 전했다. 아내는 와와에게 전화를 걸어 자술서를 부탁했다. 내게는 와와를 직접 만나서 서류를 받아달라고 했다.

"다음 주 토요일에는 일이 있으니까, 당신이 만나러 가 줘."

일주일 후 나는 약속 장소로 향했다. 카페에 앉아 기다리는 동안 나는 와와의 보증서를 써 내려갔다. 소개받은 경위도 구체적으로 적을까 고민하다가 그만두었다. 불법체류 신분이라는 것을 알고도 고용했다는 게 문제가 될까 봐서였다.

와와는 십 분쯤 늦게 나타났다. 그녀는 통 넓은 청바지에 분홍색 티셔츠를 입고 있었다. 부쩍 달라진 옷차림에 내심 깜짝 놀랐다. 우연히 마주쳤다면 한국에 놀러 온 관광객이라고 생각했을 것이다. 그사이 한국어도 제법 늘어 의사소통이 수월해졌다. 와와는 미얀마어로 쓴 여섯 페이지짜리 자술서를 내밀었다.

"저번에 만났던 류 변호사 알지? 그 사람이 지금 미국에서 앤더슨 부부를 찾고 있어."

와와는 고개를 천천히 끄덕였다. 나는 미용실 일은 어떠냐고 물었다. 그녀는 재미있게 배우고 있다고 했다. 특별할 것 없는 대화가 몇 차례 오갔다. 와와는 자주 휴대전화를 꺼내어 시간을 확인했다. 저녁을 사 줄까 했지만, 괜한 부담을 줄 것 같아 단념했다. 나는 미국에서 답신이 오는 대로 연락하겠다고 말하고 자리를 정리했다.

"감사합니다."

와와가 의자에서 일어나 허리를 숙였다. 돌아오는 길에 나는 행정사 사무실에 들렀다. 류 변호사의 선배가 알려 준 번역 공증 사무소였다. 나이 든 행정사는 내가 건넨 자술서를 꺼내 훑어봤다.

"요새는 난민 소송도 사업이 돼 버려서 말이죠."

"가짜 난민도 있는가 보죠?"

"수상한 사람들이 많죠. 법원이 사진이랑 글만 보고 기계적으로 판결하니까, 그게 가장 큰 문제예요."

행정사는 불법 체류자를 난민으로 바꿔 주는 브로커들이 설친다고 했다. 「난민 매뉴얼」이라는 게 있어서 돈만 내면 서류를 꾸며 준다는 것이었다. 행정사가 나도 그런 부류로 보는 것 같아 갑자기 불쾌한 마음이 들었다.

"제가 맡기는 자술서는 진짜입니다."

"뭐, 그렇겠죠."

그는 시큰둥하게 답했다. 마음 같아서는 자리를 박차고 싶었지만, 그럴 수도 없었다. 미얀마어 번역 공증을 해 주는 곳은 흔치 않았다. 행정사는 서류를 접수하고 입금할 계좌번호를 알려 주었다. 그리고 일주일 뒤에 찾으러 오라고 했다. 집으로 돌아와 아내에게 행정사 험담을 했다.

"닳고 닳은 사람들만 보고 살면, 인간을 믿기가 어려워져. 당신이 이해해."

아내가 맞장구를 쳐 줘서 분이 가라앉았다.

이후로는 한동안 와와를 잊고 지냈다. 부대 일이 빡빡하게 이어져 신경 쓸 여력이 없었다. 아내 역시 사정은 다르지 않았다. 우리는 빠르게 일상으로 복귀했다. 대화 소재는 아들의 초등학교 입학과 학원비 같은 현실적 문제로 바뀌었다. 어느새 와와에 관한 일은 의식의 변두리로 밀려났다.

계절이 바뀌어 매미가 울기 시작했다. 나는 혹서기 부대 운영 방침을 검토하다가 깜빡 잠이 들었다. 꿈에 아버지가 나타났다. 아버지는 고향집 안방에 죽은 듯이 누워 있었다. 흔들어 깨웠지만 미동도 하지 않았다. 나는 황급히 와와를 찾았다. 하지만 응답이 없었다. 집안을 샅샅이 뒤졌지만 와와의 흔적은 찾을 수 없었다. 마당에 널어둔 빨래가 바람에 세차게 흔들렸는데, 그 사이로 언뜻 와와의 그림자가 비치는 듯했다. 그 순간, 휴대폰 벨소리가 울려 잠에서 깼다.

"큰일 났어. 와와가 사라졌대."

아내의 전화였다. 멍한 기분이었다. 방금 꾸었던 꿈의 잔상이 남아, 나는 잠깐 동안 현실과 몽중을 구별하지 못했다. 와와가 머물던 고시원 주인은 석 달째 월세가 밀렸다며 아내에게 거세게 항의했다. 와와의 방은 아내 명의로 빌린 것이었다. 계약할 때는 와와를 가정부라 소개했고, 방세도 와와가 낼 것이라 말해 두었다. 실제로 아내는 월세를 직접 송금하지 않았다. 와와에게 줘서 그녀가 내도록 했다.

나는 와와에게 전화를 걸었다. 휴대전화에서는 당분간

착신이 중단됐다는 안내음이 나왔다. 불길했다. 문자를 보냈지만 역시 답장이 없었다. 일단 아내가 건네준 번호로 전화를 걸어 고시원 사장과 통화했다. 그는 와와를 본지 한참 지났다며 툴툴거렸다. 그리고 진짜 가정부가 맞느냐고 따져 물었다.

"여기 있던 애, 설마 불법체류자 아니죠? 불법이면 경찰에 신고할 겁니다."

나는 보증금에서 밀린 월세를 제하고, 한 달 치 월세를 더 얹어서 건넸다. 그리고 와와는 고향 일 때문에 장기 휴가를 떠났다고 둘러댔다. 돈을 받은 주인은 더 묻지 않았다.

퇴근하자마자 아내와 함께 와와가 일하던 미용실을 찾아갔다. 허름한 골목길이 복잡해 한참을 헤맸다. 미용실에 도착하니 사장이 혼자서 청소를 하고 있었다. 그녀는 한국어가 유창했다. 키가 작고 동그스름한 체구였는데, 눈 밑에 파인 다크서클 탓에 피로한 인상을 주었다. 와와에 대해 묻자, 두어 달 전에 갑자기 사라졌다고 했다.

"저기 앞에 있는 고깃집에서 일하던 애랑 같이 사라졌어요."

사장은 빗자루로 창 너머를 가리켰다. 사장이 말한 시기는 내가 자술서를 받았던 무렵이었다. 유난히 화려했던 와와의 옷차림과 짙은 화장이 떠올랐다. 사장은 더 이상 할 말이 없다는 듯 담배를 물고 바닥을 쓸었다.

"우리가 와와한테 잘못한 게 있는 걸까."

돌아오는 길에 아내가 물었다.

"그렇지는 않을 거야. 방세도 내줬고 일도 소개해 줬잖아."

"말도 없이 사라져 버려서, 나는 좀 서운해."

"신경 쓰지 마. 전쟁통에서도 살아남은 앤데, 어디 가서든 잘 살겠지."

애써 위로했지만 아내는 상심한 표정을 감추지 못했다. 다음날 류 대위에게 먼저 연락을 했다. 일이 바쁜지 낮에는 전화를 받지 않았다. 문자를 남기자 밤늦게 회신이 왔다.

"재판 때문에 연락을 못 받았습니다. 와와 일 때문이시죠?"

"아… 맞아, 안 그래도 얘기할 게 있어서."

"마침 잘 됐습니다. 저도 드릴 말씀이 있는데요, 미국에서 회신을 받았습니다. 앤더슨 부부는 교단에서 안수를 받은 사역자가 확실하다고 합니다. 와와 씨 사진이랑 자술서를 전달했는데, 앤더슨 선교사에게 바로 전달하겠다고 합니다."

류 대위는 속사포처럼 말을 쏟아 내며 끼어들 틈을 주지 않았다. 그는 선교사의 답신을 받는 대로 법무부에 난민 신청을 하겠다고 했다. 들뜬 기색이 역력했다. 잠자코 듣던 나는 마지못해 입을 열었다.

"저기, 갑자기 와와가 사라졌어. 아무래도 다른 곳으로 떠난 것 같아."

"네? 도대체 왜요?"

"나도 모르겠어. 미용실도 말도 없이 그만뒀더라고. 미안하지만, 난민 신청은 없던 일로 해야 할 것 같아. 그간 애써 줬는데 면목이 없네."

"… 알겠습니다. 어쩔 수 없지요."

말끝에 실망감이 배어 있었다. 좀처럼 감정을 드러내지 않는 그였다. 공연히 헛수고하게 만든 것 같아 미안한 마음이 들었다. 나중에 소주나 한잔하자고 하고 전화를 끊었다.

서랍을 열어 류 대위가 준 카렌족 관련 자료를 꺼냈다. 나는 행정 담당 부사관을 불러 문서 세절과 파기를 부탁했다. 담당관이 자료를 들고 나가자, 나는 한동안 창밖을 멍하니 바라봤다. 밖에는 늦은 장맛비가 세차게 쏟아지고 있었다.

와와는 바람처럼 왔다가 연기처럼 사라졌다. 해준 것

보다 받은 게 더 많았으니, 야속하기보다는 미안한 마음이 앞섰다. 어쨌든 나는 그녀에게 큰 빚을 졌다. 와와가 없었다면, 쓸쓸했던 아버지의 마지막은 훨씬 고독했을 것이다.

일주일쯤 후에 류 대위가 이메일 한 통을 전달했다. 발신인은 미국 남침례교 사무국이었다.

「노아 앤더슨, 엘레나 앤더슨 선교사는 2023년 4월 29일 미얀마 현지에서 순교함.

사인은 카렌 수비대의 박격포 오폭으로 인한 것으로 추정됨.

선교사 부부가 교단에 보낸 카렌 공동체 교적부에서 'Naw Wah Wah Paw Htoo' 또는 이와 비슷한 이름은 찾을 수 없음.

앤더슨 부부의 영혼이 천국에서 평안하기를 소망함.」

출동 명령

오전에 출동대기 명령이 떨어졌다. 실제 상황이었지만 임무의 목적과 내용이 빠져 있었다. 텅 빈 명령이라니, 어처구니가 없었다. 군대의 상식과 괴리가 커서 선뜻 이해하기 어려웠다. 여단 본부에 문의해도 사정은 마찬가지였다. 명령의 실체를 제대로 아는 사람이 없었다.

"북한 쪽에서 뭔가 문제가 생긴 것 같은데…"

참모장이 애매한 말을 남겼다. 평소와 달리 목소리에 자신감이 없었고, 말끝을 흐렸다.

"그게 사실입니까?"

내가 물었지만 참모장은 대답하지 않았다. 여단장은 옆에서 잇달아 줄담배를 피웠다. 역시 피로에 눌린 군은 표정이었다. 책상에 쌓인 종이컵 아래로 누런 잔여물이 번져 나왔다. 평소 믹스 커피는 몸에 해롭다던 그의 말이 생각났다.

"무장 공비 침투입니까? 아니면 테러입니까?"

내가 다시 물었다.

"나도 모르겠네. 구체적 지시가 나올 때까지 잠깐만 기다려 봐."

여단장이 태우다 만 꽁초를 종이컵에 던져 넣었다. 곤혹스러운 표정으로 미루어 보아 잘 모른다는 말은 거짓이 아닌 듯했다. 껍데기뿐인 명령에 다들 갈팡질팡하고 있었다. 어쩔 수 없이 빈손으로 여단장실을 나왔다. 일단 상세한 내용이 밝혀질 때까지 기다려 보기로 했다. 다행히 영내의 긴장감은 크지 않았다. 갑작스러운 출동대기 명령과 달리, 세상은 평온했다. 일상을 뒤흔들 조짐은 어디에도 없었다. 대원들은 삼삼오오 모여 연애와 축구, 주식과 코인 이야기를 나눴다. 주임원사는 신임 하사들과 저녁내기를 한다며 탁구채를 챙겼다.

상황이 급변한 건 사흘째 되던 날이었다. 출동이 임박했으니, 완전군장을 갖추고 영내에서 대기하라는 지시가 내려왔다. 이번에도 구체적 내용은 생략돼 있었다. 놀리는 것도 아니고, 황당함을 넘어 화가 치밀었다.

"이게 뭡니까? 어디로 가는지는 알아야 하지 않습니까?"

아무리 되물어도 위에서는 "상황이 심각하다"는 말만 돌아왔다. 오후에 열린 대대장 긴급회의에서 누군가 '오물풍선' 이야기를 꺼냈다. 나는 북에서 띄웠다는 기괴한 풍선들을 떠올렸다. 풍선에 폭발물이 실렸을 가능성이 거론됐지만, 그 정도로는 대규모 병력을 투입할 이유가 되지 않았다. 회의는 소득 없이 끝났다. 나는 찜찜한 기분으로 자리에서 일어났다. 누구도 출동 사유를 명확하게 설명하지 못했다.

"이런 회의를 왜 하는 건지…"

참모들이 볼멘소리로 말했다.

"뭘 알려 줘야 준비를 하든가 말든가 할 거 아냐."

목적 없는 작전은 다들 금시초문이었다. 나는 여단장과 참모장, 작전과장, 정보장교에게 수시로 연락해 목표 지역만이라도 알려달라고 부탁했다.

"출동 인원에게 설명이 필요합니다. 작전지역이 도대체 어디입니까?"

"말해 줄 수 없네."

"그럼 수행 임무는 어떻게 됩니까?"

"지금은 묻지 말게. 나중에 상세히 하달하겠네."

대화할수록 뭔가 크게 잘못되고 있음을 직감했다. 지휘관이 임무를 모른다는 게 말이나 되나 싶었다. 목적도 없는 임무에 무작정 뛰어들었다가 사달이 나면, 책임은 누가 질지도 의문이었다. 이십 년 넘게 복무했지만 이런 상황은 배운 적도 없었고, 겪은 적도 없었다. 계획은 있는데 혹시 떠받칠 명분이 없어서 이 지랄은 하는 건 아닌가 하는 불길한 예감이 스쳤다.

'에이, 설마'

나는 머리를 흔들며 망측한 생각을 떨쳐 냈다. 그럴 리는 없었다. 아무리 그래도 그렇지, 21세기 대한민국에서 이유도 없이 특전사를 투입할 리는 없었다. 편히 앉아 밥만 축내는 어떤 똥별과, 그 똥별 옆에 기생하는 멍청이가 실수한 것 같다는 생각이 들었다.

저녁이 되자 연병장에 수송 버스가 줄지어 도열했다. 요란한 배기음 사이로 군수병들이 분주하게 탄약과 보급품을 실어 날랐다. 나는 대대장실 너머로 이 장면을 물끄러미 내려다보았다. 사람들 틈바구니에서 서류철을 들고 무언가 확인하는 군수과장이 보였다. 나는 곧장 연병장으로 향했다. 군수과장은 나를 보자 깜짝 놀란 기색이었다. 그를 붙들고 다짜고짜 행선지가 어디냐고 물었다.

"저도 자세히는 모릅니다."

"대충이라도 알 거 아냐… 접경지대야?"

내가 몰아붙이자 군수과장이 쭈뼛거리며 말했다.

"그건 아니고… 이거 말하면 안 되는데, 서울이라고 들었습니다."

"뭐, 서울?"

말문이 탁 막혔다. 사실이라면 대한민국 수도에 비상이 걸린 셈이다. 그렇지 않으면 이 정도 규모의 특전사를 밀어 넣을 이유가 없었다. 즉시 휴대전화로 뉴스란을 샅샅이 훑었다. 하지만 정치, 군사, 사회, 경제면 어디에도 테러나 전쟁을 암시하는 소식은 없었다. 상황이 너무 심각해 정부가 보도를 통제한 것은 아닌가 하는 생각이 스쳤다.

대대장실로 돌아온 나는 혼자 퍼즐을 맞춰 보기 시작했다. 노트에 내가 알고 있는 사실을 적으면서 모든 가능성을 하나씩 검토했다. 내가 들은 정보는 이번 상황이 북한과 연관돼 있다는 점, 그리고 작전지가 서울이라는 점뿐이었다. 자연스레 북한의 도발 가능성에 무게가 실렸다. 비둔하고 어리석은 독재자 녀석이 우크라이나에서 복귀한 폭풍 군단의 실력을 과시하려고 일을 벌인 게 분명했다. 그럼에도 풀리지 않는 의문이 남아 있었다. 윗선에서 끝까지 임무를 함구하는 이유였다. 기밀 유출을 우려한다고 해도, 대대장급 지휘관에게조차 숨기는 행동은 납득하기 어려웠다.

지나친 보안은 으레 쓸데없는 소문을 낳기 마련이다. 아니나 다를까, 부대 안에 이상한 말이 퍼지기 시작했다. 우리가 평양에 침투한다는 루머였다. 출처는 알 수 없었지만, 진위 여부는 중요하지 않았다. 가짜뉴스는 마치 살아있는 생물처럼 스스로 번식하며 몸집을 키웠다. 루머는 생활관, 흡연장, 화장실을 넘나들며 꼬리를 물고 번졌다. 오키나와의 미국 항공모함이 부산에 입항했다는 믿기 힘든 얘기와, 해병대가 원산을 향해 출발했다는 말도 섞여 있었다. 중대장들도 불안해하기는 마찬가지였다. 구글로 평양 지도를 검색하며 예상 침투로를 찾아보는 장교도 있었다.

늦은 밤, 드디어 대국민 담화 소식이 전해졌다. 대통령이 전국에 비상계엄을 선포할 것이라는 내용이었다.

"초유의 사태입니다."

정보장교가 떨리는 목소리로 말했다. 그는 계엄 법령을 출력해 참모들에게 나눠 줬다. 거기에는 전시·사변 또는 이에 준하는 국가비상사태에서 계엄을 발동한다고 적혀 있었고, 계엄사령관의 특별조치권 조항에 형광펜으로 밑줄이 그어져 있었다. 마침내 올 것이 왔다는 생각이 들었다. 전쟁이 난 게 틀림없었다. 두려움도 있었지만, 한편으로는 이번 발표가 그동안 품어 온 의문을 해결해 줄 것이라는 기대도 있었다.

밤 10시 23분, 마침내 담화문 영상이 전파를 타고 전국으로 송출됐다. 대통령은 의자에 앉아서 준비한 계엄 선포문을 읽었다. 나는 깊이 숨을 들이마신 뒤, 수첩과 볼

펜을 꺼내 주요 사항을 받아 적을 준비를 했다. 하지만 막상 발표를 듣자 내 귀를 의심할 수밖에 없었다. 대통령 입에서 쏟아진 말은 음모론과 사감私感이 절반씩 섞인 망언에 가까웠기 때문이다.

"지금까지 국회는 우리 정부 출범 이후 22건의 정부 관료 탄핵 소추를 발의했으며…"

나는 이번 사태의 배후에 북한이 있을 것이라 확신하고 있었다. 그 정도 사안이 아니라면 비상계엄을 선포할 이유가 없다고 믿었다. 이런 상황에서 튀어나온 대통령의 국회 비난은 일반적인 상식을 훌쩍 뛰어넘었다. 다른 것도 아니고, 무려 계엄 선포문이었다. 저런 말을 하리라고는 상상조차 하지 못했다. 국회의 행실과 비상계엄 선포가 도대체 무슨 관련이 있는지, 아무리 생각해도 와닿지 않았다. 나뿐만이 아니었다. 방송을 보던 모든 참모가 동시에 고개를 갸우뚱거렸다. 다들 어이없다는 표정이었다.

"… 이러한 예산 폭거는 대한민국 재정을 농락하는 것입니다."

옆에서 "뭐야 저게"라는 탄식이 흘러나왔다. 재정 문제를 타개하기 위해 군대를 투입한다는 발상은 듣도 보도 못한 일이었다. 특전사는 군인이지 회계 전문가가 아니다. 예산 문제에 개입할 권한은 물론이고, 애초에 해결할 능력도 없었다. 혹시 내가 빠뜨린 내용은 없는지 정보과에서 나눠준 법령을 다시 살펴봤다. 예외는 없었다. 법령에는 분명 '전시·사변 또는 이에 준하는 국가비상사태'라고 쓰여 있었다. 대통령이 상황을 근본적으로 오해하고 있다는 생각이 들었다.

"지금 우리 국회는 범죄자들의 소굴이 되었고, 입법 독재로 국가의 사법행정을 마비시키며 자유민주주의 체제의 전복을 기도하고 있습니다."

점점 뒷골이 뻣뻣해졌다. 대통령은 국회를 향해 노골적인 적개심을 드러내며 반국가 세력으로 지목했다. 그것이 비상계엄을 선포한 이유였고, 중무장한 특전사를 투입하려는 명분이었다. 위험한 발상이 아닐 수 없었다. 정치는 정치로 풀어야 한다. 군은 정치에 개입해선 안 되고, 정치도 군을 끌어들여서는 안 된다. 나는 그렇게 배웠고, 또 그렇게 믿고 있었다. 그런데 대통령은 지금 무

력으로 국회를 장악하려 하고 있었다. 새삼 그가 군 면제
자라는 사실이 떠올랐다. 대통령은 지금 자신이 무슨 짓
을 벌이는지 전혀 이해하지 못하는 듯 보였다. 담화문은
이후 별다른 설명 없이 끝났다. 발표를 들은 지휘관들이
웅성거리기 시작했다. 평소 냉정한 모습을 보이던 사람
조차 당혹스러운 감정을 숨기지 못했다.

"우리가 모르는 내용이 더 있는 것 아닙니까?"

"의원들이 북한과 내통한 첩보를 확보한 건 아닐까요?"

이런저런 말이 오갔지만, 부질없었다. 다들 누군가 "그
렇다"라고 해 주기만 바라는 눈치였다. 설령 단언하는 사
람이 나타난다 해도 달라질 건 없었다. 하지만 공허한 말
에 기대고 싶을 만큼 상황은 절망적이었다. 엉터리 계엄
선포문은 의지처가 될 수 없었기에, 다들 지푸라기라도
잡아 보려는 심정뿐이었다.

우왕좌왕하는 사이에 전파 사항이 내려왔다. 출동 대
원은 버스에서 대기하되, 휴대전화 사용을 금지한다는
내용이었다. 현장 임무는 대대장이 진두지휘하라는 지
시도 첨부돼 있었다.

연병장에 모여 있던 백삼십여 명의 대원은 다섯 대의
버스에 나누어 탑승했다. 나는 혹시 모를 사태를 대비해
앰뷸런스를 뒤따르게 했다. 그리고 선탑 차량에 몸을 실

었다. 차창 너머를 보니 어둠 속에서 막사가 희미하게 흔들리고 있었다. 한숨이 나왔다. 아무래도 군 생활을 편하게 마무리하기는 글렀다는 생각이 들었다. 곧 출동 명령이 떨어졌다. 작전지는 예상대로 여의도 국회의사당이었다.

"신호는 무시해도 좋다. 최대한 신속하게 이동하라. 도착해서 바로 국회로 진입하라."

"… 국회의사당 장악을 의미하는가?"

"그렇다."

버스는 어두운 도로를 가르며 빠르게 달렸다. 노면 위에는 차가운 밤공기가 가득했다. 이동 중에 헬리콥터 두 대가 굉음을 내며 스쳐 지나갔다. 특임대가 강습에 나선 모양이었다. 고도를 낮춘 탓에 로터 음이 유난히 시끄러웠다.

잠시 휴대전화를 켜서 뉴스를 확인했다. 여당 대표가 계엄을 막겠다는 메시지를 막 발표하고 있었다. 그는 군인들에게 섣불리 행동하지 말라는 경고도 했다. 대통령을 배출한 정당마저 등을 돌렸다는 사실이 무겁게 다가왔다. 화면을 내리자, 변호사협회 등 법조 단체의 비판성명이 잇따르고 있었다. 모두가 비상계엄은 헌법 위반이라고 질타했다. 나도 모르게 탄식이 나왔다. 까딱하면 우리가 반란군이 될 판이었다.

"이거, 야단났네…"

뒤따라오던 버스에서 무전이 왔다.

"구체적인 임무를 지시 바란다."

수신기를 든 채로 나는 말을 잇지 못했다. 어제만 해도 탁구대를 둘러싸고 웃고 떠들던 대원들의 표정이 어른거렸다. 그리고 이해할 순 없었지만, 정말로 이해할 수 없었지만 그 얼굴들 위로 아버지의 멍울진 표정이 겹쳐졌다.

마당에서 공수 점프를 흉내 내던 아버지. 술에 취해 입으로 '탕, 탕' 소리를 내며 허공을 겨누던 아버지. 죽기 직전 죄가 많다며 후회하던 아버지.

나는 아버지의 과거를 전부 알지 못한다. 아버지는 내게 많은 것을 숨겼고, 대부분의 진실을 침묵 속에 묻어 두었다. 그러나 한 가지는 분명했다. 오래도록 아버지를 괴롭혀 온 것은 네스호의 괴물 같은 게 아니라, 옷장 속의 낡은 군복과 이어진 어떤 기억이었다. 내가 보았던 그 혼란스러운 무늬는 광주 혁명 당시 진압군이 착용하던 충정복 패턴이었다. 이러한 흔적은 그 무렵 아버지가 광주에 있었다는 사실을 가리키고 있었다. 그런데 아이러니하게도, 이번에는 내가 아버지가 서 있었던 바로 그 자리로 향하고 있었다.

"반복한다. 구체적 임무 하달 바란다. 10분 뒤 목적지 도착 예정이다."

무전기가 다시 울렸다. 운전병이 곁눈질을 하며 내 눈치를 살폈다. 차마 입술이 떨어지지 않았다. 내가 받은 명령은 단 하나, 부하들과 함께 국회의사당을 장악하라는 것이었다. 하지만 이번 비상계엄은 법적으로도, 정치적으로도 근거가 없었다. 나 같은 문외한이 봐도 그런데, 세상이 이를 납득하겠나 싶었다. 계엄이 잘못된 것으로 드러나는 순간, 우리는 변명할 여지없이 반역자로 몰린다. 반란군의 낙인과 오명은 세월이 흘러도 지워지지 않을 것이다. 나와 내 부하들의 삶을 돌이킬 수 없는 방향으로 꺾어 놓을 게 분명했다. 아버지와, 마쓰야마의 할아버지가 그랬던 것처럼 말이다. 이는 한 개인이 감당할 수 있는 무게가 아니었다.

대통령이 탁한 목소리로 읽어 내려가던 계엄 선포문은 위태롭고 공허했다. 나는 그 문장들을 다시 헤아려 보았다. 어떤 대목에서도 정당성을 찾을 수 없었다. 뒤이어 발표된 계엄사 포고령은 훨씬 더 노골적이었다. 포고령에는 '처단'이라는 단어가 포함됐는데, 나는 그 건조한 단어 아래 감춰진 섬찟한 실체에 거부감을 느꼈다. 이 무모한 짐을 부하들 어깨에 올려놓을 수는 없었다. 나는 당분간 명령의 실체를 숨기기로 했다.

"하차 후 본관을 따라와라. 명령은 현장에서 하달하겠다."

문

국회 주변은 이미 수많은 인파로 뒤덮여 있었다. 사람들은 군용 버스를 알아보고, 손으로 차체를 두드리며 가로막았다. 고성과 몸싸움이 뒤엉킨 시위 현장은 그야말로 아수라장이었다. 정문을 거쳐 국회 안으로 들어가는 것은 불가능해 보였다. 버스는 9호선 국회의사당역 근처에 가까스로 멈춰 섰다. 상황을 확인한 나는 담을 넘어 내부로 진입하기로 했다. 철제 펜스로 된 국회 쇠 담장은 낮고 허술해 보였다.

"하차 후 외벽을 넘어 경내로 진입한다. 내가 앞장서겠다."

나는 대원들의 얼굴을 찬찬히 둘러봤다. 긴장한 표정이 역력했다.

"잘 들어라."

나는 심호흡을 한 뒤 말했다.

"시민들과 충돌하지 마라. 절대 부딪히지 말고, 행여 맞더라도 대응하지 마라."

"네, 알겠습니다."

마침내 버스 문이 열렸다. 계단을 내려서자, 예상보다 훨씬 많은 사람이 몰려들었다. 군중에 휩쓸린 대원들은 앞으로 나아가지 못하고 뒤로 떠밀렸다.

"여기가 어디라고 들어오려는 거야, 당장 너희 부대로 돌아가!"

일부 대원은 스크럼을 짜서 돌파하려 했다. 서로 어깨를 맞대고 무게중심을 낮추며 발을 뻗었지만, 두터운 군중의 벽에 가로막혔다. 그 순간 누군가 내 어깨를 잡아당겼다. 몸이 휘청이면서 방탄모에 장착된 야간투시장비가 땅에 떨어져 부서지고 말았다. 단전 조치에 대비해 꼭 챙기라는 지시를 받고 가져온 장비였다. 낭패였지만 다시 주워 들 여유조차 없었다.

"계엄군은 물러가라! 물러가라!"

사방에서 성난 외침이 들렸다. 부대는 방향감각을 잃고 흩어졌고, 몇몇 대원은 아스팔트에 넘어져 부상을 입었다. 이 모습을 지켜본 고참들의 눈이 일순간 뒤집혔다. 분노와 당혹감이 뒤섞인 표정이었다.

부하들은 아직 구체적인 임무를 알지 못했다. 내가 말해 주지 않았기 때문이다. 이들이 아는 정보라곤 "북한과 관련해 모종의 사건이 발생했다"라는 말뿐이었다. 심지어 오물 풍선을 처리하러 온 것으로 믿고 있던 인원도 있었다. 그런데 가는 곳마다 강한 저항에 부딪히니 부아가 날 법도 했다. 나는 혈기 방장한 군인들이 행여 사고를 치지는 않을까 조마조마했다. 유혈 사태가 발생하는 일 만큼은 어떻게든 막아야 했다.

"부딪히지 마! 사람들과 부딪히지 말라고!"

내가 벽 뒤에서 고함을 질렀다. 절규에 가까운 외침이었다. 다행히 내 말을 들은 대원들은 흥분을 가라앉히며 냉정을 되찾기 시작했다. 우리는 사람들을 피해 담을 넘으려 했으나 쉽지 않았다. 담장에 오르기만 하면 곧바로 시위대 손에 붙잡혀 끌려 내려왔다. 이 과정에서 군장이 뜯기고, 팔다리가 뒤엉켰다. 담을 넘는 일보다 군중 사이를 벗어나는 일이 더 힘들었다. 간신히 월담에 성공한 대원들이 안쪽에서 수군거렸다.

"우린 아주 안 좋은 시기에, 안 좋은 장소에 있는 것 같습니다."

"작전지가 국회라니, 어쩐지 수상했다니까."

"아까 보니까 국회의원들이 옆에서 담을 넘고 있던데 말입니다."

"이거 나중에 엿 되는 거 아닌지 모르겠다."

동요는 쉽게 가라앉지 않았다. 시간이 흐를수록 계엄군은 주눅이 들었다. 국민에게 손가락질받는, 반민反民

임무에 투입됐다는 허탈감 때문이었다. 한편, 담 너머로 들리는 사람들의 목소리는 점점 커졌다. 소리의 결은 묘하게 맞물려, 하나의 파장처럼 일렁거렸다. 이런 모습은 처음 보는 성질의 것이었다. 사람들이 만들어 낸 거대한 공명共鳴은 온 부대를 삼켜 버리고 남을 만큼 압도적이었다. 위에서 내려온 흐리멍덩한 명령은 그 앞에서 더없이 무력했다.

만에 하나, 지금 상황에서 발포 명령이 내려오면 어떻게 할지 자문해 봤다. 결론은 명백했다. 시민들에게 총을 겨누는 일은 있을 수 없었다. 밖에 모인 사람들은 불과 몇 시간 전만 해도 평범한 하루를 보내던 이들이다. 퇴근길 지하철을 타고, 저녁을 먹고, 집에서 쉬다가 계엄 소식을 듣고 달려온 사람이 대부분이었다. 군인은 명령에 복종해야 한다. 그러나 그 복종은 국민을 지키는 범주에서만 성립한다고 믿고 있었다. 명령에 따를 때까지는 따르되, 절대로 그 한계를 넘지는 않겠다고 다짐했다.

"담을 넘은 인원은 나를 따른다. 외곽에 있는 인원은 일단 버스로 복귀해 대기하라."

"알겠습니다."

경내에는 오십여 명이 흩어져 있었다. 두 개 팀 남짓한 규모였다. 나는 그들을 이끌고 후문이 있는 국회의사당

뒤편으로 이동했다. 합류하지 못한 병력이 맥 빠진 표정으로 돌아섰다. 사람들 사이에서는 야유가 터져 나왔다. 발걸음이 점점 무거워졌다. 뭔가 잘못됐다는 막연한 느낌은 이제 확신으로 바뀌었다. 그때 여단장에게 무전이 왔다. 그는 흥분한 목소리로 말했다.

"대통령 지시 사항이다. 안에 있는 국회의원들을 전부 끌어내라. 문을 부수든, 유리창을 깨든 상관없으니, 어떻게든 이행하라."

충격이었다. 국회는 의원들의 공간이다. 지금 받은 명령은 집주인을 집에서 강제로 끌어내라는 말과 다름없었다. 이쯤 되자 나도 모르게 욕설이 튀어나왔다.

"이거 완전 미친놈들이구나…"

시위대는 경찰이 펼쳐 놓은 저지선에 가로막혀 더 이상 들어오지 못했다. 운동장 쪽을 바라보니 헬리콥터들이 착륙해 있었다. 조금 전 도로 위를 낮게 지나가던 기체였다. 멀리서는 국회의원으로 보이는 사람들이 본청으로 뛰어가는 모습도 보였다. 나는 의사당 출입구에서 부대를 정비했다. 이곳을 통과하면 의원들이 모인 중앙홀에 바로 닿을 수 있었다. 출입구 안쪽 복도에는 책상과 의자가 어지럽게 쌓여 있었다. 서둘러 바리케이드를 설치한 것처럼 보였다. 다행히 인기척은 느껴지지 않았다.

3중대장 김중호 대위가 다가와 말했다.

"대대장님, 이제 명령을…"

미국 유학파 출신으로 위트와 유머가 넘치던 그였지만, 지금은 차분하고 냉정한 모습이었다.

"의사당 진입 후 수행해야 할 임무를 말씀해 주십시오."

김 대위 뒤로는 선임하사를 비롯한 고참 대원들이 서 있었다. 지금 내가 의원들을 끌어내라는 명령을 전달하면 부하들도 명命에 얽매이고, 무거운 짐을 떠안게 된다. 이 사태의 책임에서 더 이상 자유로울 수 없게 되는 셈이다. 나는 잠시 밤하늘을 올려다보았다. 별이 쓸데없이 많이 떠 있었다. 무리라는 생각도 있었지만, 나는 다시 한번 명령의 존재를 감추기로 마음먹었다. 그것이 부하들을 지키는 길이었고, 나 자신을 지키는 길이기도 했다.

"임무는 묻지 마라. 그냥 아무 소리 말고 나만 따라와라."

나는 헛기침을 한 뒤 말을 이어 나갔다.

"너무 이상하게 생각 마라. 나중에 다 설명하겠다."

나는 침투조를 셋으로 나눴다. 첫째 조는 장애물 제거, 둘째 조는 돌파, 셋째 조에는 경계를 맡겼다. 대원들은 익숙한 손놀림으로 책상과 의자를 치우며 통로를 만들었다. 계단을 올라 복도 끝에 다다르자, 마침내 중앙홀로 이어지는 문이 모습을 드러냈다. 두터운 나무로 된 출입구였다. 평범하게 보였지만 이 순간만큼은 이쪽 세계와 저쪽 세계를 구분하는 날카로운 경계처럼 느껴졌다. 문은 열리길 원하는지, 닫힌 채 버티려는지 의중을 드러내지 않았다. 그 사이 돌파조가 문의 양쪽에 바싹 붙어 섰다. 움직임은 신속하고 정확했다. 한 대원이 조심스레 손잡이에 손을 가져갔다. 이 모습을 본 내가 황급히 손을 내저었다.

"그만, 다들 뒤로 물러서."

돌파조는 서로의 얼굴을 쳐다보며 다시 뒤로 물러났다. 자명했다. 지금 여기서 문을 열거나 닫을 자격이 있는 사람은 나뿐이었다. 이곳에 모인 누구도 그 사실을 의심하지 않았다. 나는 천천히 걸음을 옮겨 문 앞에 섰다. 이곳은 막다른 골목이었다. 그리고 한 시대의 끄트머리이기도 했다. 문을 여는 순간, 많은 것이 달라질 것이다. 무엇이 어떻게 바뀔지는 알 수 없었다. 다만 분명한 것은, 두 번 다시 되돌릴 수 없다는 점이었다. 태어나서 처음으로 운명이 내게 말을 걸어오는 듯했다.

'이걸 열어야 하나, 말아야 하나.'

나는 양손으로 문손잡이를 움켜쥐고 조심스레 당겨보았다. 손에 밴 땀 때문에 장갑이 미끄러졌다. 문이 살짝 열리자 틈 너머로 맞은편의 풍경이 눈에 들어왔다. 복도에는 보좌진으로 보이는 대여섯 명이 불안한 기색으로 서성이고 있었다. 그들은 아직 우리 존재를 눈치채지 못한 것 같았다. 내 시선은 바닥에 주저앉아 무릎 사이에 얼굴을 묻은 여성을 향했다. 깜박 잠이 들었는지, 아니면 잠시 쉬고 있는 것인지 분간하기 어려웠다. 나는 긴 한숨을 내쉬었다. 태어나서 내뱉은 호흡 중에 가장 긴 숨이었다. 대원들을 이끌고 이 안에 들어서는 순간, 무력 사용은 불가피해 보였다.

'어떡해야 하나.'

이마를 타고 흐른 땀이 눈썹 끝에 맺혔다. 그 미세한 감각을 느끼며 잠시 눈을 감았다. 다시 살짝 눈을 뜨자, 깜짝 놀랄 만한 광경이 눈 앞에 펼쳐져 있었다.

바닥에는 사람들이 피를 흘린 채 쓰러져 있었다. 팔과 다리가 포박된 사람과, 머리를 심하게 다친 사람이 눈에 들어왔다. 앞쪽에 추깃물과 피가 뒤섞인 웅덩이가 있었는데, 거기서 흘러나온 액체는 마치 살아있는 것처럼 문 쪽으로 번지고 있었다.

혼란스러운 틈바구니에서 한 사람이 걸어 나왔다. 아버지였다. 머리카락은 헝클어졌고, 얼굴은 먼지와 땀이 뒤섞여 있었다. 아버지는 그때의 그 낡은 군복을 입고 있었다. 도대체 왜 저걸 입고 있는 걸까. 나는 다시 눈을 질끈 감았다. 입 밖으로 나오려던 말이 울대에 걸려 가슴에 맺혔다. 말은 소리가 되어 발성發聲하지 못하고, 안으로 가라앉았다.

'아버지, 이쪽으로 오지 마세요. 왜 다시 돌아오신 겁니까. 지금은 계엄 상황입니다.'

'나도 안다. 아직도 계엄이 끝나지 않았구나.'

목소리는 안쪽이 비어 있었다.

'그게 아닙니다. 여긴 광주가 아니에요.'

'그럼 여기 누워 있는 사람들은 다 뭐냐.'

나는 아버지가 가리키는 곳을 차마 바라볼 수 없었다. 눈을 돌리면 이 상황이 진짜가 되어 버릴 것 같았다.

'저는 모릅니다. 우리가 한 짓이 아닙니다.'

'저들도 네 손으로 묻을 거냐? 산으로 데려가서?'

틈새로 서늘한 바람이 불었다. 바람은 시간의 저편에서 날아온 것 같았다. 나는 손잡이를 움켜쥔 상태로 이마를 문에 찧었다. 방탄모가 나무에 부딪히며 둔탁한 소리를 냈다. 발소리가 점점 가까워졌다. 나는 다시 한번 머리를 박았다. 그래도 건너편의 아우성은 멎지 않았다.

"홀에 진입했나. 한시가 급하다. 즉각 임무 수행 바란다."

다급한 무전음이 나를 다시 현실로 당겨왔다. 그제야 감았던 눈을 떠서 뒤를 돌아봤다. 검은 복면을 쓴 부하들은 다음 지시를 기다리며 대기하고 있었다. 나는 조용히 무전기 스위치를 돌려 전원을 차단했다. 명령은 처음부터 빈 그릇과 같았다. 누군가 저 문을 열어야 채워질 성질의 것이었다. 문 너머의 시간은 사십오 년 전 어딘가에 고정되어 있었고, 분열된 시간이 이쪽과 저쪽의 공간을 비틀어서 밖으로 빠져나오려 했다. 더 이상 결정을 미룰 수 없었다. 문을 열든지, 닫아놓든지 확실하게 선택해야 했다.

"… 돌아가자."

나는 잡고 있던 손잡이에서 손을 뗐다. 항명抗命을 감수한 결단이었다. 이 일로 대가를 치러야 한다면 감내할 생각이었다. 뜻밖의 지시였지만 이의를 제기하는 사람은 한 명도 없었다. 대원들은 거총을 풀며 안도의 한숨을 내쉬었다. 공간을 빽빽하게 메우던 긴장감이 실타래처럼 풀어지기 시작했다.

"전원 밖으로 나가서 대기하라."

나는 들어온 길을 앞장서서 되짚었다. 부하들은 처음과 마찬가지로 말없이 내 뒤를 따랐다. 위에서 내려온 명령에 대해 묻는 이는 없었다. 등 뒤로는 뒤틀린 시간이 서서히 사위어 갔다. 이와 동시에 내 몸을 감싸고 있던 낯선 감각이 빠져나갔다. 출구에 가까워질수록 발걸음이 가벼워졌다. 나는 뒤를 돌아보지 않았다. 돌아보는 순간, 아버지의 충혈된 눈과 마주칠 것만 같았다. 본관을 벗어날 즈음 나는 손목시계를 확인했다. 시각은 자정을 훌쩍 넘긴 0시 41분이었다. 어둠 속에서 야광 바늘이 희미하게 빛났다.

나는 그 숫자를 오래도록 바라보았다.

전역

전역 신청서를 제출하고 나니 마음이 한결 가벼워졌다. 사직서는 인사계를 거쳐 국방부에 접수됐고, 대통령이 탄핵된 그 주에 수리되었다. 헌법재판소는 비상계엄을 불법으로 규정했는데, 결정문에는 군인들의 소극적인 임무 수행을 높이 평가하는 문장이 담겼다. 불행 중 다행이라는 생각이 들었다.

허접한 계엄이 다섯 시간 만에 끝난 후 나는 여기저기 불려 다니며 조사를 받았다. 국방부, 국회, 검찰에서 매번 똑같은 진술을 반복해야 했다. 내란 우두머리 재판에는 증인으로 출석했는데, 증언대에서 비상계엄을 선포한 남자와 처음 마주했다. 파면된 대통령은 피고인석에 등을 기댄 채 눈을 감고 있었다. 그의 낯을 보자 나는 형언하기 어려운 감정에 휩싸였다. 분노와 경멸, 답답함이 뒤섞인 복잡한 마음이었다. 증언을 끝내기 전에 나는 재판장에게 자유 발언을 요청했다. 그리고 "정치에 군을 끌어들이는 무모한 일은 앞으로도 절대 없어야 한다"라고 했다. 내 말이 귀에 닿았는지 대통령은 부스스 눈을 떠서 나를 처다봤다.

　이번 사태에 연루된 사람들이 하나둘 법정에 서기 시작했다. 밀실에서 역모를 꾸민 자와, 그걸 실행에 옮긴 사람들이 포승줄에 묶여 카메라 앞에 섰다. 낯익은 얼굴도 보였다. 나의 진급을 못마땅해하던 청와대 출신 대령도 수사선에 올랐다. 계엄을 선포한 대통령은 부하들을 탓하며 모든 책임을 떠넘겼다. 그는 법정에서 특전사령관, 방첩사령관, 경찰청 간부들과 싸웠다.

　전역 교육을 받으며 새 일자리를 알아보기 시작했다. 스물네 해를 군에서 보낸 내게는 모든 게 낯설었다. 마흔 중반에 취업 준비생 신분으로 마주한 세상은 여전히 차갑고 멀게만 느껴졌다. 특수부대에서 보낸 그간의 세월은 구직에 도움이 되지 않았다. 지원 담당관은 사관학교도, 학군 출신도 아닌 내 이력을 보고 미간을 찌푸렸다.

　"방송통신대에서 학점을 따셨군요. 많이 힘드셨겠어요."

　에둘러 표현했지만, 속뜻은 '고졸이군요'에 가까웠다.

　"관리직이 아니어도 괜찮으시죠?"

　"네, 물론입니다."

　차별은 노골적이었다. 인맥이 중시되는 국방부 산하기관이나 방산업체는 엄두도 내지 못했다. 중소기업도 기본적인 학력과 영어 점수를 요구했는데, 그조차도 내게는 넘기 어려운 문턱이었다.

오랜만에 만난 간부사관 동기가 소주를 샀다. 대위 진급에 실패한 그는 일찌감치 군복을 벗었다. 지금은 옥천의 한 물류센터에서 일한다고 했다.

"야, 보험사는 절대 가지 마라."

그가 말했다.

"예전에 근무하던 부대에 가서 보험을 팔라고 시키는데, 그거 고역이야, 진짜."

소주잔을 내려놓는 손에는 전에 없던 굳은살이 박혀 있었다. 나는 그의 거친 손에서 시선을 뗄 수 없었다. 동기가 다시 소주를 따랐다. 잔 부딪히는 소리가 포장마차에 울렸다.

"군대에서의 계급은 빨리 잊어야 돼. 밖에 나오면 아무것도 아니니까. 중령이고 뭐고, 그런 거 의미 없어. 사회에서는 개뿔도 아니야."

동기의 말은 사회에는 위계가 없다는 뜻이 아니었다. 바깥세상에도 등급이 존재했다. 오히려 더 치밀하고, 완강한 구조였다. 이제 나는 그 보이지 않는 서열의 가장 아래쪽에 자리하게 됐다. 동기는 이 사실을 가능한 한 빨리 받아들이라고 했다.

계엄군

"너, 정 소령 기억하지? 왜 너희 대대에서 작전과장 했던 사람 말이야. 그 사람 대령으로 전역했는데, 코인 투자하다 망해서 지금은 고시원을 떠돈다더라."

십오 년 전, 박 병장을 소개해 주던 그의 모습이 떠올랐다. 항상 멀끔히 군복을 다려 입던 그가 폐인처럼 변했다는 사실이 잘 그려지지 않았다. 마음이 한층 울적해졌다. 동기는 보험사와 물류센터, 정 소령 이야기를 꺼내며 세상의 혹독함을 증명하려 했고, 나는 그 말에 반박하지 못했다.

몇 군데 면접을 봤지만 결과는 전부 불합격이었다. 그래도 포기하지 않았다. 매일 같이 지원센터를 드나들었고, 채용설명회가 열릴 때마다 양복을 입고 주변을 기웃거렸다. 부스에 앉은 인사 담당자들은 하나 같이 흰 와이셔츠 차림이었다. 그들은 내 이력서를 가볍게 훑어본 뒤 상자에 툭 던져 넣었다.

"서류 통과하면 연락드리겠습니다."

인사 담당자는 "통과하면"이라는 말에 힘을 주었다. 물론 연락은 오지 않았다. 역시 유리창 안쪽의 세상은 나와 맞지 않았다. 아무리 애써도 그들의 리듬을 따라잡을 수가 없었다. 조만간 나는 관사를 비워 줘야 했다. 아내는 저녁마다 전셋집을 보러 다녔다. 나는 아침에 아들을 학교에 데려다주고, 점심에는 혼자서 라면을 끓였다. 다행히 군인연금이 나왔고, 아내는 4급으로 승진했다. 그럭저럭 먹고 사는 문제를 해결할 수 있었다.

"합기도장을 해 볼까, 예전에는 관장이 되는 게 꿈이었거든."

저녁에 삼겹살을 구우면서 조심스레 말을 꺼냈다. 아내는 새로 출시된 소주를 가져와 따라 주었다. 도수가 낮아 술이 입에서 헛돌았다.

"좋은 생각이네. 당신과 잘 어울려."

"고향에 한 번 다녀와야겠어. 어릴 때 도장을 다녔는데, 지금도 있는지 궁금하기도 하고."

"그게 아직 남아 있을까?"

"있을걸? 내가 거기서 사범 노릇도 했는데."

"그럼 내려간 김에 아버님 집 청소도 부탁해."

아버지가 세상을 떠난 뒤, 고향집은 그대로 방치돼 있었다. 매물로 내놨지만 찾는 사람이 없었다. 신문에서는 연일 지방 소멸을 우려하는 특집 기사를 냈다. 다음날 나는 침낭과 세면도구를 싣고 고향으로 향했다. 사나흘 정도 머물러 있을 생각이었다. 옛 양조장 자리에는 24시간 편의점 간판이 내걸려 있었다. 나는 그곳에서 담배 두 갑과 막걸리 한 병을 샀다.

합기도장은 이미 문을 닫은 지 오래였다. 관장은 같은
건물 1층에서 치킨집을 하고 있었다. 나를 알아본 그가
슬리퍼 차림으로 뛰어나왔다. 늙은 관장의 머리에도 어
느새 서리가 내려앉아 있었다. 관장은 마늘 양념을 한 통
닭을 내왔다. 닭고기가 질겨서 생맥주를 연거푸 들이켰
다. 맥주 맛은 여전히 밍밍했다. 관장은 얘들이 줄어 십
여 년 전 도장을 접었다고 했다. 요즘은 도통 애를 낳지
않다 보니, 아이들 가르치는 일이 전부 사양 산업이 됐다
고 푸념했다.

"네가 그냥 제대하고 도장에 남았으면 좋았을 텐데…."

관장이 쓸쓸한 낯빛으로 말을 건넸다. 그러나 내가 남
았다고 해서 상황이 달라졌을 것 같지는 않았다. 머리가
더 복잡해졌다.

"여기 오징어 좀 더 갖다줘요."

관장이 주방을 향해 소리쳤다. 안주인이 마른안주와
땅콩을 내왔는데 어쩐지 낯이 익었다. 다방에서 일하던
아가씨가 임신해서 같이 살게 되었다고, 관장이 낮게 속
삭였다. 가게를 나서며 계산을 하려 했으나 관장은 끝내
받지 않았다. 그 대신 새로 튀긴 치킨 두 마리를 손에 쥐
여 주었다.

집으로 가는 길에 아버지를 산골한 강에 들렸다. 물목
자리에 막걸리를 붓자 피라미가 몰렸다. 고기들은 떼 지
어 다니다 먹을 게 떨어지면 흩어졌고, 지나간 흔적을 남
기지 않았다.

나는 멍하니 앉아 흐르는 강물을 바라보았다. 물결 사
이로 그날의 기억이 드문드문 떠올랐다. 하루에도 몇 번
씩 의사당 문 앞에 서 있는 기분에 사로잡혔다. 차가운
손잡이의 감촉이 아직 손에 남아 있었다. 떨쳐 내려 할수
록, 기억은 더 또렷해졌다. 우준이 아저씨처럼, 나도 시
간의 연속적 흐름에서 벗어나고 말았다.

우리 부자父子는 분명 같은 굴레에 매여 있었다. 운명
은 아버지를 옥죄던 방식 그대로, 나를 조여 왔다. 하지
만 그날 나는 문을 열지 않았다. 오래된 망령이 파도처럼
밀려왔으나, 끝내 문지방을 넘지 못했다. 문은 닫힌 채로
남았고, 아버지의 업業은 아버지 세대에서 끊겼다. 나는
아버지가 내 행동을 자랑스럽게 생각해 주길 바랐다.

저녁노을이 산허리에 붉게 걸렸다. 놀빛은 강물을 따
라 번지다 물결에 부딪혀 산산이 흩어졌다. 무심결에 허
공을 향해 손을 들어 올렸다. 그리고 먼 곳을 바라보며
방아쇠를 당기는 시늉을 했다.

"탕, 탕"

계엄군

133

쓴웃음이 나왔다. 자리에서 일어나 바지에 묻은 흙을
털어 냈다. 강변에 있던 백로가 날개를 펴고 날아올랐다.

고향집 대문은 녹이 잔뜩 슬어 있었다. 자전거 자물쇠
를 문고리에 감아 놓았는데, 비밀번호가 생각나지 않았
다. 번호는 입대 일자였다. 몇 번을 틀린 끝에 간신히 잠
금쇠를 풀었다.
마당에는 사람 키 높이의 잡풀이 무성하게 자라 있었
다. 슬레이트 지붕은 군데군데 깨져 있었고, 그 틈새로
희미한 햇살이 스미고 있었다. 마루에 발을 디딜 때마다
묵은 먼지가 피어올랐다. 서랍장을 열어 보니 걸레가 개
어져 있었다. 예전에 와와가 빨아서 정리해 둔 것이었다.
물에 적셔 바닥을 닦으니, 그제야 본래의 나뭇결이 드러
났다. 마루 청소를 마치고 마당의 잡풀을 정리했다. 잡초
는 뿌리가 얕았지만, 뽑힐 때마다 흙냄새를 풍겼다.

안방 문은 굳게 닫혀 있었다. 어쩐지 안쪽에서 헛기침
소리가 들리는 듯했다. 청소를 대충 마치고 관장이 싸 준
치킨을 꺼냈다. 아무도 없는 집에서 혼자 먹는 닭고기는
맛이 없었다. 대문 밖에서 황구 한 마리가 킁킁대며 골
목길을 지나갔다. 녀석은 왼쪽 귀만 접혀 있었는데, 잠

시 멈춰서서 내 쪽을 바라보았다. 밤에 아내에게 영상통화가 왔다. 아내는 이사 갈 전셋집을 찾았다며 기뻐했다. 나는 합기도장 이야기를 꺼내지 않았다. 통화를 끝내고 안방에 침낭을 펼쳤다. 장판에서 익숙한 체취가 올라왔다. 새벽까지 휴대전화로 구직 사이트를 뒤지며 할 만한 일이 있는지 찾아봤다. 언제 잠이 들었는지는 기억나지 않았다.

꿈에 아버지를 보았다. 머리를 단정히 빗은 아버지는 강가 옆에 서 있었다. 뒤편의 물은 유리처럼 투명했고 물결이 일지 않았다. 본 적 없는 꽃들에서 낯선 향이 났는데, 냄새가 공기 중에 흩어지지 않았다.

아버지는 앳된 얼굴이었다. 나와 비슷하거나, 어쩌면 더 젊어 보였다. 마치 오래된 사진 속의 인물과 마주한 것 같았다. 무표정한 얼굴이었지만, 검은 눈동자가 부드러워 보였다. 말을 걸고 싶었으나 그럴 수 없었다. 그곳은 사람의 말길이 닿지 않는 곳이었다. 나는 천천히 아버지 쪽으로 다가갔다. 풀밭을 지날 때마다 초목이 갈라졌고, 밟아도 소리를 내지 않았다. 나는 아버지에게 조용히 절을 올렸다.

아버지는 천천히 군복을 벗으며 삼베옷으로 갈아입었다. 낡은 군복은 어깨에서 미끄러지듯 벗겨졌다. 그리고 땅에 닿는 순간 재로 변했다. 잿가루는 바람도 없이 빠르게 흩어졌다. 이윽고 아버지는 손을 들어 춤을 추기 시작했다. 천천히, 아주 천천히 팔을 펼쳐 나갔다. 학이 날개를 펴듯 완만하고 유려한 춤사위였다. 손끝은 공중에 둥근 궤적을 남겼는데, 무척 여성스럽게 느껴졌다.

아버지는 그렇게 춤을 추며 강 너머로 향했다. 발이 물에 닿았지만 젖지 않았고, 옷자락만 좌우로 흔들렸다. 아버지는 홀로 어둑한 강을 건너서 저편에 닿았다. 물이 다시 흐르기 시작했다. 아버지는 어둠 속으로 사라지기 직전에 이편으로 몸을 돌렸다. 나를 잠시 쳐다본 것 같았으나 확실하진 않았다.

새벽 비가 지붕을 두드려 잠에서 깼다. 빗소리는 처음엔 멀리서 들리다가 점점 가까워졌다. 자리에서 일어나 미닫이문을 열었다. 담배를 꺼내 입에 물고 불을 붙였다. 문득 추레라를 몰아야겠다는 생각이 들었다.

담배 연기는 빗물과 섞이지 않았다.

기관원

내가 기무사에 차출된 이유는 순전히 삼남三男이었기
때문이다.

다섯 살 위의 큰 형은 학창 시절 내내 전교 1등을 휩쓸
다 Y대 의대에 입학했다. 세 살 위의 누나는 외고 재학
중 수시모집으로 S대 외교학과에 붙었다. 가진 거라고는
올림픽 선수촌에 자리한 40평짜리 아파트 한 채가 전부
였지만 스스로를 중산층으로 여기던 부모님은 자녀들의
활약상을 꽤 만족스러워했다.

형과 누나는 동네 미장원에서 회자되는 인물 1순위였
다. 사립학교 학부형이 떼 지어 찾아올 때마다 엄마는 이
들을 거실에 앉혀놓고 허세를 떨었다. 아버지는 서초동
에서 담배 가게만 한 사무실을 운영하는 개업 변호사였
지만, 자녀 얘기가 나올 때만큼은 대법관 같은 표정을 지
었다.

빵빵한 형제들 덕분에, 난 부모님 관심에서 어느 정도
벗어나 있었다. 소외감을 느낀 건 아니다. 오히려 해방감
에 가까웠다.

어느 날 부모님이 말씀하셨다.

"넌 네가 하고 싶은 걸 하려무나."

옥돔을 낚은 낚시꾼이 여유 있게 남은 시간을 보내려
는 듯한 표정이었다. 으리으리한 형제들이 있으니 막내

는 보조만 맞춰 주면 된다는 심산이 느껴졌다. 어쨌든 나는 그 말을 철석같이 믿었다. 그래서 공기총 선수가 되기로 결심했다.

"사격을 배우고 싶어요."

아버지 얼굴에 실소가 번졌다.

"사격이라…"

엄마가 타일렀다.

"너는 몸이 약하잖니. 체육보다 음악을 해 보는 건 어떠니?"

분명 계략이었다. 첫째는 의사이고 둘째는 외교관이 될 터이니, 셋째는 바이올린이나 뭐 그 비슷한 걸 시켜 '교양 있는 중산층 가정'을 완성하겠다는 속셈이 엿보였다. 요컨대, 나더러 의전용 샹들리에가 되어 달라는 것이다. 난 딱 잘라 거부했다. 반항심 때문이 아니다. 나는 진짜로 총을 쏘고 싶었다.

시골 외할아버지 집에는 기다란 장총이 있었다. 손때가 새까맣게 눌러앉은 개머리판에서 험악한 세월이 느껴졌다. 왜정 때 징병을 갔다가 가지고 온 것이라 들었다. 강원도의 산세는 험준하고 기맥이 장렬했다. 동예東濊 시절부터 산 것의 목숨을 뺏지 않고서는 주린 배를 채울 수 없었다. 산 사람들은 오랜 세월 활시위를 당겨 처자식 입에 먹을 것을 넣어 주었다. 예맥의 핏줄을 이어받은 할아버지도 가끔 장총을 둘러매고 깊은 산속으로 들어갔다. 사나흘이 지나 집으로 돌아오면, 사냥해 온 꿩 몇 마리를 댓돌에 올려놓곤 했다. 할머니 손에 의해 다듬어진 하얗고 쫀득한 꿩고기는 들큼한 막국수 위에 올려져 손주들 뱃속에 들어갔다. 할아버지는 직접 사냥한 먹이를 골육에게 먹일 때마다 수컷으로서 제 할 일을 다했다는 듯 뿌듯한 표정을 지었다.

태평양 전쟁 막바지에 할아버지는 사이판 섬에 있었다. 밤낮 고된 노역에 시달리던 할아버지는 어느 날 하늘을 새까맣게 뒤덮은 미군기를 보고 일제 패망을 직감했다고 한다. 그는 작업 도중 틈틈이 여남은 명이 숨을 수 있는 작은 은신처를 만들었다. 얼마 지나지 않아 천지를 뒤흔드는 굉음과 함께 미군 함대의 맹렬한 포격이 시작됐다. 포신에 섬광이 번쩍일 때마다 개미 떼 같이 숨어 있던 왜병들의 생사가 깜박깜박 명멸했다. 할아버지는 조선인 몇 명과 잽싸게 은신처 들어가 숨었다. 덕분에 남방군 수비대는 전멸했지만, 할아버지는 무사히 생환할 수 있었다.

한 번은 시골집에서 기르던 개가 내 정강이를 물은 적이 있다. 이 녀석이 새끼를 낳았는데 강아지가 귀엽다고 억지로 끌어내려다 생긴 일이다. 당황한 할머니가 소독을 한다며 독주를 가져와 다리에 부었다. 소란스러운 기척에 할아버지가 대청으로 나왔다. 무슨 일이 있었는지 직감한 할아버지는 문갑에서 뾰족한 탄알을 꺼내 가져왔다. 그리고 벽에 걸려있던 장총에 그것을 쟁여 넣었다. 노리쇠가 철컥하고 당겨졌다가 앞으로 밀려왔다. 쇳소리가 무척 단단하게 느껴졌다. 죽음을 직감한 개는 오줌을 지렸다.

할아버지는 마룻바닥에 숨은 개를 끌어내 오른발로 지그시 목을 눌렀다. 개는 저항하지 않았다. 할아버지는 총구를 개 머리에 대고 방아쇠를 당겼다.

"한 번 사람을 문 개는 또 사람을 무는 법이야."

이 사건 후 얼마 지나지 않아 할아버지는 돌아가셨고, 총도 불법무기 자진신고 기간에 파출소에 넘겼다. 하지만 '기다란 장총'과 둔탁한 '쇳소리'는 마음 한 켠에 남았다.

빡빡 우겨 허락받기는 했지만 사격 선수가 되는 길은 만만치 않았다. 다니던 고등학교에는 사격부가 없었다. 비인기 종목이었던 탓이다. 오전 수업만 듣고 오후에는 사격장이 있는 태릉으로 건너가 훈련을 받았다. 국가대표 출신 박 코치는 가만있어도 한기寒氣가 도는 성품이었다.

"재능 없는 놈들은 빨리 그만둬. 그게 서로에게 도움
되는 일이니까."

훈련은 힘들었다. 쉬엄쉬엄 총이나 쏠 줄 알았는데, 현
실은 가혹했다. 훈련의 8할은 체력 단련이었다. 몇 시간
씩 추감기를 이용해 팔근육을 단련하고, 아령을 손에 쥔
채 자세 잡기를 반복했다. 빈약한 어깨가 떨어져 나갈 것
같았다.

현격한 재능 차이도 나를 절망에 빠뜨렸다. 볼품없어
보이던 녀석이 벽에 붙은 바퀴벌레를 쏴 맞추는 걸 보는
순간, 거대한 산처럼 느껴졌다. 마치 절대로 넘을 수 없
는 장벽으로 다가왔다. 나는 전국체전 예선전에서 탈락
했다. 그해 겨울, 사격을 포기했다.

"일단은 문과로 가, 수학 II는 따라잡기 어렵다."

담임은 곤혹스러운 표정을 지었다. 운동부에서 쫓겨
난 녀석이 수업 분위기라도 해칠까 봐, 전전긍긍했다. 엄
마는 특단의 조치를 내렸다. 형과 누나를 가르쳤던 과외
선생을 데려왔다. S대 물리학과 출신 과외 선생은 한 달
에 네 번 수업을 하고 100만 원 가까이 받았다. 고액 과외
였다. 후줄근한 바지에 지독한 암내를 풍겼지만 요령이
좋았다. 그에게서 삼각함수와 수열을 깨쳤다. 성적이 줄
곧 올랐다. 수능시험 칠 무렵에는 반에서 10등까지 올라

갔다. 강남 8학군인 점을 감안하면, 꽤 한 셈이다.

고3이 되자 수학뿐 아니라 영어와 국어, 사회과목까지 과외를 받았다. 엄마는 사교육에 돈을 쏟아부었다. 어렵게 일군 명성에 흠집이 갈까 봐 안달이었다. 수능시험 보던 날 엄마의 눈빛은, 외할아버지가 개를 잡던 날의 눈빛과 묘하게 닮아 있었다.

나는 죽기 살기로 시험을 쳤다. 다행히 집에서 쫓겨나지 않을 만큼의 점수가 나왔다. 과외 선생 덕분이었다. 그는 우리 집 빨래통에 담긴 누나 스타킹을 훔치다 걸렸지만, 그간 세운 공을 감안해 용서받았다. 대치동에 있는 논술학원에 가니, 현직 신문 기자가 강사로 나왔다. 기자는 박봉이라 생계형 '알바'를 뛴다며 멋쩍은 웃음을 지었다.

그는 호르크하이머와 마르쿠제, 존 롤스의 이론을 압축한 프린트를 나눠 줬다. 원전을 읽지 않고도 '읽은 것처럼' 흉내 내는 글쓰기를 가르쳤다. 덕분에, 나는 책 한 권 읽지 않고 공맹 사상과 현대철학에 대해 아는 체를 할 수 있었다. 나중에는 내가 진짜로 맹자孟子를 읽었는지, 안 읽었는지 헷갈릴 정도였다.

나는 신중하게 '외시경중' 중 두 곳에 원서를 넣었고 보결로 합격 통지를 받았다. 전공은 법학이었다. 점수에 맞춘 선택이다. 변호사인 아버지가 제일 좋아했다.

엄마의 명성은 더 높아졌다. 예체능 '꼴통'마저 인서울 사립대에 입학시켰다는 소문이 파다했다. 우리 집 거실은 사모님들의 사랑방이 됐다. 한 여성잡지에 엄마의 인터뷰가 나왔다. 엄마의 인터뷰는 남자 향수와 브래지어 광고 사이에 실렸다. 난 읽지 않았다.

대학 생활은 생각보다 재미없었다. 이런저런 대의가 사라진 지 오래였다. 다들 눈에 불을 켜고 연애질할 대상을 물색하거나, 취업 준비에 몰두했다. 고학번 선배들은 도서관에 틀어박혀 SSAT 문제집과 씨름했다. 가끔 대기업에 들어가거나 고시에 붙은 선배들이 학교에 와서 싸구려 양주를 사 줬다. 이들은 조무래기들을 모아놓고 애써 멋진 말을 하려 노력했다. 하지만 진짜 관심은 여학생들에게 있는 듯했다. 문득 싸구려 청춘이라는 생각이 들었다.

어영부영 한 학기가 흘렀다. 답답함이 밀려왔다. 어디로든 떠나고 싶었다. 마침 이라크에 곧 파병을 보낸다는 소식이 들렸다. 다짜고짜 해병대에 입대 원서를 냈다. 전쟁을 영화로 배운 세대라, 공포보다는 설렘이 앞섰다. 파병 가기 수월하다는 수색계열을 지원했다. 집에는 말하지 않았다.

"군대 간다며?"

입대일이 확정된 날 '정 맑스'가 물었다. 형법 기말시험을 치르고 나오던 터였다. 오상방위에 대한 사례 문제가 나왔는데, 10줄 정도 대충 끼적거리다 말았다. 어느 순간부터 공부를 안 하고 있었다.

정 맑스는 대학 동기다. 삼수를 했기 때문에 나이는 두 살 많았다. 취업난에 기피 동아리로 밀려난 '국제 사회과학연구회' 활동을 했다. 수업에는 잘 들어오지 않았고, 동아리 건물 구석에 있는 작은 골방에 틀어박혀 살았다. 신입생 오리엔테이션 날 같은 조에 속해 있었는데, 무수히 많은 대리 출석을 부탁받았다. 수업에 나오는 날마저 강의는 등한히 했다. 강의실 맨 뒤에 앉아 「세계철학사」 같은 책을 펴놓고 있었다.

"나이도 처먹고 온 놈이, 뒤늦게 '의식화'라도 당하는 중이냐?"

선배들이 낄낄댔다. 이후 전인권같이 지저분한 그의 머리숱과 이미지가 겹치면서 '정 맑스'라는 별명이 붙었다. 친한 사이는 아니었지만, 가끔 이런저런 이야기를 나눴다. 둘은 '듣보잡'들이 공통적으로 느끼는 애매한 감정을 공유했다. 주류는 못되면서, 주류에 대한 질투심을 비판의식으로 포장해 에둘러치는 굴절된 마이너 의식이 본

질이었다.

"학교가 재미없어서. 형은?"

"난, 모르겠어. 그래도 1년은 마치고 갈까 생각 중이야."

"그 철학 공부는 잘돼?"

"머리가 둔해 진전이 없네…"

우리는 나무 그늘에 앉아 담배를 피웠다. 담배 연기가 공중에서 꽈배기처럼 엉켰다. 짧은 대화가 끝났다. 그는 잘 다녀오라는 말과 함께 악수를 청했다. 어색하게 손을 쥐었다 내려놓고 자기 갈 길을 갔다.

* * *

"편하게 생활하다 온 놈의 새끼들, 오늘부터 '싸제물'을 빼겠다."

포항 훈련단에 입소하자마자 교관DI들이 소리를 질렀다. 흰색 하이바를 푹 눌러쓴 탓에 눈이 보이지 않았다. 군살이 없었고, 말 근육 같은 팔에 힘줄이 도드라졌다. 오른쪽 가슴팍에는 노란 공수 휘장이나 녹푸른 빛이 감도는 특수수색 휘장이 달려 있었다. 이들은 밥 먹을 때 외에는 절대로 하이바를 벗지 않았고, 걸음걸이도 로보캅처럼 절도가 있었다.

밤낮없이 '싸제물'을 빼내는 훈련이 이어졌다. DI들은 마른걸레처럼 훈병을 쥐어짰다. 6주가 흘렀다. 훈병들의 병과와 자대가 정해졌다. 처음부터 수색계열로 지원했기 때문에 나는 당연히 수색대에 가리라 믿었다. 잠영과 챔버Chamber 테스트도 무난히 통과했다. 파병이 용이하다는 1사단에 배치받기만 바라고 있었다. 우리 기수에게는 맛스타와 건빵이 보급되지 않았는데, 이라크에 파병 간 전우들에게 전달하기 위해서라고 DI는 설명했다.

수료식을 앞둔 어느 날 밤, DI가 오더니 세무워커로 머리를 툭툭 치며 깨웠다.

"야 7213번, 잠깐 밖으로 나와."

"예! 알겠습니다."

"시끄러워. 조용히 나와."

바지춤도 못 올린 채 얼떨결에 그를 따라갔다. 11월이라 밤공기가 쌀쌀했다. 나는 이번에도 해군 비행장 유류 창고에 들어가 기름을 '긴빠이' 하는가 생각했다. DI는 아무 말 없이 나를 간부 휴게실로 데려갔다. 휴게실 문을 열어젖히자 실내 온기가 확 밀려왔다. 텅 빈 휴게실에는 가죽점퍼를 입은 남자 두 명이 있었다. 한 명은 믹스커피가 담긴 종이컵을 손에 말아 쥐고 있었다.

"활동관님, 데려왔습니다."

말을 마치자마자 DI가 휙 돌아 나갔다.

"앉아라."

어정쩡하게 서 있던 나에게 남자가 말했다. 부드럽게 말했지만 목소리가 탁했다. 자리에 앉아 두 주먹을 불끈 쥐고 무릎 위에 올려놓았다.

"편하게 있어."

이럴 땐 편하게 있으라는 말이 더 불편하다. 이 사람은 그걸 아는지 모르는지, 종이컵 안의 커피를 입안에 털어 넣었다.

"사격했다며?"

"고등학교 때 잠깐 했습니다."

"얼만큼?"

"1년 했습니다."

"개뿔도 못 쏘겠네."

"예, 그렇습니다."

남자가 갑자기 인상을 썼다. 가만 보니 험상궂은 표정이 완벽히 자리 잡은 상이었다. 평범한 표정보다 인상 쓰는 게 훨씬 더 자연스러운 그런 얼굴 말이다.

"아버지 뭐 하시는데?"

"변호삽니다."

"최택일 법률사무소 맞어?"

"예 그렇습니다."

"형이 의산가?"

"의대 다니고 있습니다."

"의사냐고 묻잖아, 새끼야."

머리가 하얘졌다. 남자는 속사포 같은 질문을 짤막짤막 던졌고, 정확한 대답이 나오지 않으면 짜증을 냈다. 무슨 큰 죄를 저질러 취조당하는 느낌이었다.

"요즘 애들 완전 병신입니다. 병신."

젊은 사내가 나를 위아래로 훑어봤다. 왼쪽 뺨에 십자 모양 흉터가 남아 있는, 우중충한 인상이었다. 속으로 군인 아니었으면 뭘 해 먹고 살 인간인가 생각했다.

"이리 함 와 봐라."

나이 든 사내가 손짓을 했다. 그러더니 그 솥뚜껑 같은 손으로 내 어깨와 등, 허리, 허벅지를 톡톡 두드렸다.

"병신은 아닌 거 같은데…"

"말귀를 못 알아듣습니다."

사내가 잠시 생각을 하는 듯하더니 뒷주머니 쪽을 더듬었다. 그쪽에 권총집이 하나 달려 있었다. 내게 권총을 넘겨주었다.

"자세 한번 잡아 봐라."

"잘 못 들었습니다."

"너 사격 했을 때 자세 잡아보라고."

나는 그가 건넨 쇠뭉치를 들고 오래된 기억을 더듬으며 최대한 정석대로 자세를 잡았다. 공기권총을 쏠 때는 왼손을 호주머니에 놓거나 뒷짐을 진 채 오른팔을 쭉 펴서 조준한다.

"그대로, 가만히 서 있어 봐."

2분 정도 지나니 손이 후들거렸다. 티가 나지 않도록 정신 줄을 꽉 붙들었다.

"됐어."

문밖에 나오자 기간병이 다시 막사에 데려다줬다. 그는 아무 말이 없었다. 나는 다시는 저 둘과 마주치지 않기를 기도했다. 무섭다기보다는 이상한 사람들이었다.

수료식이 끝났다. 훈병들은 모두 자대배치를 받고 뿔뿔이 흩어졌다. 수색계열로 들어온 동기들은 거무튀튀한 피부에 녹색 베레모를 쓴 해병들 손에 이끌린 채 육공트럭 먼지와 함께 사라졌다. 나한테는 대기하라는 명령이 떨어졌다. 그날 텅 빈 대대 막사에서 홀로 밤을 지새웠다.

날이 밝자 기간병들이 청소를 시켰다. 쭈그리고 앉아 칫솔로 바닥을 닦고 있었는데, DI가 나를 불렀다.

"짐 다 챙겨서 나와."

후다닥 정복으로 갈아입고 꽃봉을 둘러맸다. 검은 지프가 나를 기다리고 있었다. 운전병은 군복을 입었는데 머리가 길어 예비군처럼 보였다. 조수석에 앉은 아저씨는 몸에 딱 붙는 스판 등산복을 입고 있었다. 희끗한 머리임에도, 우악스러운 팔뚝과 커다란 손이 눈에 띄었다. 팔에는 자잘한 상처들이 많았다. 군인이 아니라 강력계 형사 같은 모습이었다. 그는 차를 타고 가는 내내 문어다리를 질겅질겅 씹었다. 그리고 내가 정보부대에 차출됐으니, 잘하라는 말을 반복했다.

"내려."

우린 4시간 정도를 달려 교육대에 도착했다. 키가 190cm 정도 되는 위병들은 유난히 덩치가 좋았는데, 일부러 떡대를 세워 놓은 듯했다. 나는 각 군에서 모인 병사들과 함께 3주간 후반기 교육을 받았다. 다들 학력이 좋았다. 교육생 중에는 간부들이 많았다. 교육과정이 달라 마주칠 일은 별로 없었다. 간부들은 사병들보다 훨씬 길고 어려운 훈련을 받는다고 들었다.

교육은 어렵지 않았다. 특기별로 커리큘럼이 조금씩 달랐다. 나는 포박술이나 통신기기 다루는 법 따위를 배웠다. 적성 화기에 대한 수업도 받았다. 또 3급 아마추어 통신사 자격에 준하는 기준으로 모스 부호 치는 법을 익했다. 교관은 실제 북한군의 감청 음을 들려줬고, 우리는 그것을 부호로 표기했다. 보안 때문인지, 북한군은 음성 통신을 하면서도 모스 부호로 말했다.

"고조, 딴스, 딴딴, 딴스스, 스딴 하라우!"

수화기 너머 들리는 목소리는 이질적이었다. 간신히 테스트에 합격했다. 다른 대원들은 컴퓨터 강좌를 많이 들었다. 시간이 훌쩍 지났다.

동기들은 각 지역 보안부대로 흩어졌다. 몇 명은 사령부에 갔다. 나는 서울 교외에 있는 5층짜리 빌딩에 배치됐다. 부대 명칭은 따로 없었다. 명함을 파 줬는데 거기에는 '방국물산' 사원이라고, 아주 성의 없이 적혀 있었다.

내무생활이 시작됐다. 병들은 보안대 막사에서 따로 생활했다. 근무 시에는 사복을 착용했고, 내무반에 돌아오면 활동복을 입었다. 군복 입을 일이 거의 없었다. 경호 장비로 리볼버 형식의 가스총이 주어졌다. 막사에는 K-1 소총과 권총이 있었지만, 병기 수입 시간 외에는 꺼낼 일이 없었다.

"머리는 가르마 탈 정도까지 길러도 돼. 장발은 안 되고."

내무반장을 맡은 공군 출신 구 병장이 말했다. 29살인 구 병장은 전기공학을 전공했다. 졸업 후 기술고시를 치렀는데 계속 고배를 마시다 입대했다고 한다. 그는 틈틈이 종로에 있는 교보문고에 들려 수험 서적을 한가득 사오기도 했다. 통신병이었던 구 병장은 시설 내 통신과 행정을 담당했다. 그는 북한에서 송출하는 남파 방송을 청취했다. 방송원은 놀랍게도 경상도 사투리가 섞인 우리말을 썼다. 구 병장은 1980년대 월북한 모 철학 교수가 가명으로 방송을 송출하는 것이라고 알려 줬다.

기간병들은 2명씩 조를 짜서 3교대로 '회사'를 지켰다. 회사에는 활동관들이 자주 들락거렸다. 활동관 계급은 다양했다. 상사, 중사가 많았고 대위들도 있었다. 계급 차이가 났지만, 서로 허물없이 지냈다. 가끔 '직원'이라 불리는 사람들도 들르곤 했다. 물어보니 국정원 사람들이라고 했다. 평범하게 생긴 아저씨들이었기 때문에 정보부 소속이라고 말해 주지 않았으면, 절대 기관원이라 생각하지 못했을 것이다.

활동관들은 늘 바빴다. 거의 하루 종일 사무실을 비웠다가 새벽에 돌아와서는 연신 줄담배를 피웠다. 또 소파에 누워 새벽까지 잠깐 눈을 붙였다가 다시 어딘가로 사라지곤 했다. 우리는 서로에 대해 아는 것이 적었다. 그럭저럭 시간이 흘러갔다.

* * *

이른 새벽에 UDU 출신 허혁주 활동관이 급하게 들어와 나와 구 병장을 깨웠다.

"너희들 신속하게 장비 착용하고 내려와. 오늘 나랑 일 좀 같이 하자."

시계를 보니 새벽 3시를 가리키고 있었다. 허겁지겁 옷을 챙겨 입고 내려오니 컴컴한 공기가 시리게 차가웠다. 나도 모르게 이가 딱딱 소리를 냈다.

"실탄 챙겨."

"실탄 말씀이십니까?"

"그래 임마. 너 우물쭈물 하지 마."

나와 구 병장은 K-5 권총에 실탄 13발이 들어간 탄창을 삽입하고, 여분의 탄창을 두 개씩 챙겼다.

"새벽에 왠 지랄…"

구 병장이 나지막이 중얼거렸다. 우리는 어디로 가는지도 모른 채 이끌려 갔다. 두어 시간쯤 지나 승합차가 어느 산기슭에 도착했다. 서울은 아닌 듯 보였다. 함께 이동한 차량은 모두 세 대였다. 선탑 차량 두 대에는 간부들이 타고 있었고, 나와 구 병장은 후위 차량에 탑승하고 있었다.

"우린 고첩을 잡으러 올라간다. 너희들 차량 잘 지켜. 혹시 모르니까 무전 때리면 올라와서 지원하고. 물론 그럴 일은 없겠지만."

허 상사는 체포조와 함께 어둠 속으로 사라졌다. 체포조는 등산복과 운동화를 착용했다. 그 모습이 마치 야간 산행을 즐기는 산악회 아저씨들처럼 보였다.

"요즘도 간첩이 있습니까?"

구 병장에게 물었다. 그는 별다른 대답 없이 담배나 피우자고 했다. 새벽 공기와 겹쳐 산바람이 더 차가웠다. 지금 부는 바람이 왠지 잣나무와 소나무 냄새가 섞인 강원도 산 내음과 비슷하다고 느꼈다. 운전병이 '레쓰비'를 건넸다. 캔 뚜껑을 따려는 찰나에 무전이 울렸다. 회로 잡음이 어쩐지 다급하게 느껴졌다. 간부들이 무전을 받았다.

"대치 중. 상황 심각. 전부 올라와."

"뜸부기들 데리고 갑니까?"

"걔들은 두고. 아아, 저기 최 일병은 데리고 와. 사격 선수였으니까."

나는 사병 주제에 2파派와 함께 산에 올랐다. 활동관들은 몸이 날렸다. 이들을 따라 빠르게 걷다가, 얼어붙은 뿌리에 걸려 몸이 휘청했다.

"전술 보행 모르냐, 새끼야. 얼 타지 마!"

활동관 한 명이 뒤통수를 때렸다. 일순간 긴장감이 확

퍼졌다. 멀리 작은 암자가 보였다. 허 상사가 단안경으로 안쪽의 기색을 살폈다. 불은 꺼져 있었다. 적막감이 흐르는 가운데, 산새 소리와 겨울 숲 냄새만 가득했다.

"무장을 했어. 씨발. 그런 말은 없었는데…"

어두워서 아무것도 보이지 않았다. 간부들이 알 수 없는 말을 소곤소곤 나눴다. 나는 안전장치를 풀고 전방을 주시하는 척을 했다. 아무것도 보이지 않았으니 시늉만 냈다고 보는 게 맞다. 그 와중에 아까 뚜껑을 따다 만 캔 커피가 생각났다. 조금 있으니 우당탕 소리가 났고, 장지문이 우지끈하고 부러지는 소리가 들렸다.

"덮쳐. 씨발!"

활동관들이 우루루 달려 나갔고 나도 엉겁결에 이들을 뒤따랐다. 상황은 금방 종료됐다. 활동관 4명이 머리를 밀고 먹물 옷을 두른 남성을 포박해 끌고 나왔다. 입에는 재갈을 물리고 양팔은 케이블 타이로 꽁꽁 묶여 있었다. 곧이어 다른 사람이 방에 있던 물건들을 비닐에 넣어서 나왔다. 포박당한 '스님'과 홀깃 눈이 마주쳤는데, 눈매가 무척 사나웠다. 관상은 모르지만 구도자의 얼굴이 아니었다.

"수고했어, 내려와라."

차량 있는 곳까지 오자 활동관들이 돗자리를 펴고 비

닐장갑을 낀 채 압수한 물건들을 올려놓았다. 허 상사가 사진기로 압수 물품을 하나씩 찍고 있었고, 구 병장은 옆에서 허 상사가 불러주는 대로 목록을 적고 있었다.

"Vz-61 체코제 기관권총 1정, 전건電鍵 1개, 난수표 2부. 이건 뭐더라. 어이 박 중사, 이거 권총 이름 뭐지?"

"66식 권총입니다."

"68식 아냐?"

"66식입니다. 장교인가 보네요."

"알았어. 구 병장 너 잘 받아 적고 있냐? 7.62미리 러시안탄 40발. 어휴 이 새끼 많이도 가지고 왔네,"

올려놓은 물건들을 힐끔 살펴보니 허 상사가 '체코제 기관권총'이라 부른 총기가 눈에 들어왔다. 나는 정보사 소속 부사관들이 다루는 걸 한 번 본 적 있었다. 연사 속도가 빨라 연발로 쏠 때 권총탄이 사방으로 튀었다. 두툼한 B5 종이 뭉치 위에는 '보내는 전보'라고, 청봉체로 적혀 있었다.

돌아오는 길에 앞 차량이 멈출 때마다 언뜻 '스님'의 실루엣이 보이는 듯했다. 구 병장이 말했다.

"저 치가 남파 간첩이구나."

"스님으로 위장한 이유가 있을까요?"

"묵언 수행한다고 하면 아무도 출신을 묻지 않으니까."

"기발한 방법이네요."

"손목을 살짝 봤는데 '태그 호이어' 시계를 찼더라고. 스님들은 그런 시계 잘 안 차."

"공산당도 스위스 시계를 좋아하나요?"

"글쎄다. 침투용이겠지."

부대로 복귀하니 11시가 안 되었다. 허 상사가 식사를 챙기라고 만 원짜리 두 장을 건넸다. 콩나물 해장국으로 늦은 아침을 했다. 해프닝 같은 일이 끝나고 일상이 다시 반복됐다.

* * *

근무를 마치고 사무실로 복귀하니 허 상사가 두 다리를 쭉 뻗어 책상 위에 올려놓고 담배를 피우고 있었다. 나를 보자마자 손짓하며 소파에 앉으라고 했다.

"너 H대 법학과 맞아?"

"맞습니다."

"정주성이가 너랑 동기냐?"

깜짝 놀랐다. 이 사람 입에서 뜬금없이 '정 맑스' 이름이 나오다니. 아는 척을 해야 하나 말아야 하나. 내 눈동자가 45도 위로 향하자, 허혁주가 눈치챈 듯 말했다.

"정주성이에 대해 듣고, 알고, 경험했던 사실 있으면 다 적어 제출해. 저녁 먹기 전까지."

허 상사가 모나미 볼펜과 A4 용지를 탁상에 툭 올려놨다. 그리고 고개를 돌려 TV를 틀었다.

"짜장면 시켜 놔라. 같이 먹게."

난감했다. 여기서 이유를 묻는 건 금기 사항이다. 머리에 남은 정 맑스 행실을 구석구석 긁어내 정보기관과의 조합을 이어 봤다. 매번 좋지 않은 궁합이 나왔다. 아무리 경우의 수를 따져 봐도 답은 정해져 있었다. 이놈, 사고를 친 게 분명하다. 일단 면피용으로 객관적 '팩트'만 적기로 했다. 정 맑스가 뭐라 했는지 알 수 없으나, 친분이 깊거나 같이 활동한 적은 없으니 당당하게 나가기로 했다.

글을 쓰며 슬며시 허 상사 기색을 살폈다. 베테랑 기관원인 허 상사는 TV를 보는 척하며 내 행동을 하나하나 살피고 있었다. 시선은 분명 TV를 향해 있지만, 그 밖의 감각은 모두 나한테 집중하고 있었다. 허 상사는 과거에도 이런 특기를 과시하듯 자랑한 적 있다. 다른 활동을 하면서도 관찰 대상의 행동거지를 주시하는 비법이다. 우리는 이 기술을 '사마귀'라 불렀다.

A4 용지 한 장을 완성했다. 때마침 중국 음식이 배달

왔다. 음식을 받으러 몸을 일으키자 허 상사가 순간적으로 고개를 돌려 내가 적은 내용을 훑는 모습이 스쳤다. 우린 아무렇지 않게 짜장면을 먹었고, TV 내용을 소재로 잡담을 했다.

허 상사가 사무실을 떠나며 A4 용지를 반으로 접어 돌려줬다.

"소각해."

＊　＊　＊

시간이 지나 어느덧 원대 복귀를 앞두고 있었다. 정보 부대에 차출된 병사들은 전역 전에 출신 부대로 돌아간다. 한참 전에 전역해 민간인이 된 구 병장이 점심을 먹자며 불러냈다.

"고시 생활은 할 만하십니까?"

"죽을 맛이다. 기리까이きりかえ(말뚝을 박는 일)나 할 걸 그랬어."

우린 역전 가게에서 우동을 먹으며 소주 한 병을 시켰다. 술에 약한 구 병장 얼굴이 금세 벌겋게 달아올랐다. 돈이 없어 아르바이트랑 공부를 병행한다는 이야기, 여자를 사귀고 싶지만 능력이 안 된다는 이야기. 별 시답잖은 소리만 주구장창 늘어났다.

"허혁주는 잘 지내냐?"

"똑같습니다."

구 병장이 말했다.

"지났으니 하는 말인데. 언젠가 새벽에 고첩 한 명 체포하고 난 다음 날 허혁주가 너에 대해 이것저것 캐묻더라고. 수상한 점은 없었다고 했어. 그런데 너 없을 때 관물대도 뒤지고 책상도 한번 갈아엎고 그랬지."

알 만했다. 나는 내 대학 동기에 대해 허 상사가 물은 적이 있다고 말했다.

"그놈이구나."

"뭐 알고 계신 게 있으십니까?"

구 병장이 알려 준 전말은 이랬다. 어느 날 허 상사가 훈련소 신병들을 대상으로 안보 강연을 나갔다. 그는 사회에서 대공 용의점이 있는 수상한 인물을 본 적 있다면 적어 내라고 말했다. 어느 부대에서나 볼 수 있는 형식적인 집체 교육이었다.

그런데 웬걸. 이날 누군가 반듯하고 깨알 같은 글씨로 꾹꾹 눌러 적은 갱지 5장을 제출했다. 거기에는 남파한 고정간첩이 머물고 있는 장소와, 운동권 간부들의 접선 일시, 장소, 내용이 일자별로 빼곡하게 적혀 있었다.

보안대가 파악한 바로는 학내 침투한 세포조직 내에서 치정癡情 문제가 발생했고, 연인을 뺏긴 사람이 홧김에 군에 입대해 자신이 알고 있는 사항을 줄줄 불었다는 것이다. 기무사가 벌컥 뒤집혔다. 허 상사는 군공軍功을 세우기 위해 그날 새벽에 직접 체포 작전에 나선 것이었다.

퍼즐이 대강 맞춰졌다. 고발장을 낸 건 아마도 정 맑스 짓이다. 그는 내 존재를 모른다. 내가 어느 부대에 근무하는지, 무얼 하는지조차 알지 못할 테다. 휴가 나가서도 말한 적이 없으니까. 허 상사는 정 맑스의 학력 정보를 보고 나와 대학 동기였다는 사실을 깨달은 뒤, 혹여나 하는 마음에 확인한 것이다. 대남 조직은 점조직 형태로 움직인다. 따라서 하부 조직원들은 민감한 정보에 대한 접근성이 떨어진다. 상층부가 아니면 핵심 사항을 알기 어렵다. 정 맑스가 어떻게 이런 고급 정보를 알았는지는 끝까지 의문으로 남았다.

구 병장은 비틀거리며 돌아갔다. 낮술에 취한 그는 계속 중얼거렸다.

"기리까이 해 임마. 기리까이 하라고… 밖은 추워."

* * *

구 병장은 밖이 춥다고 했지만 복학한 캠퍼스는 내게 지상낙원이었다. 밥은 너무 맛있었고 여학생들은 신화 속 여인처럼 느껴졌다. 군에서 했던 것처럼 하면 고시든 취업이든 뭐든지 해낼 것만 같았다. 나는 중국어를 복수 전공하며 취업 준비에 몰두했다. 그 사이 형은 의사 자격을 취득해 공보의로 발령 났고, 누나는 행시에 붙어 사무관이 됐다.

"우리 애가 사회 문제에 관심 많아서."

엄마는 여전히 사모님들을 모아놓고, 딸이 외시가 아닌 행시를 치른 배경에 대해 장황하게 설명했다.

대학 동기들이 하나, 둘 졸업장을 쥐고 학교를 떠났다. 누구의 배웅도 받지 못하고 항구를 떠나는 배처럼 보였다. 대학은 실상 '지옥철'이나 다름없었다. 플랫폼에 서 있다 열차가 오면 다 같이 끼겨 타고, 와자지껄 떠들다 각자 적당한 역에 내리는 우중충한 역사驛舍였다.

졸업을 앞두고, 나는 중앙도서관 앞에 서서 혼잣말을 읊조리곤 했다.

"한 세대는 가고 한 세대는 오되, 땅은 영원히 있도다.*"

정 맑스와는 몇 번인가 우연히 마주쳤다. 처음에는 서로 어색하게 눈인사만 나누다 나중에는 숫제 아는 체를

---

* 전도서 1장 4절

하지 않았다. 배추같이 풍성하던 곱슬머리와 덥수룩한 수염은 온데간데없이 사라지고, 그는 깔끔한 2:8 가르마에 폴로 티를 입었다. 정 맑스라는 별명도 기억 속으로 사라졌다.

장대비가 억수같이 쏟아지는 날이었다.

졸업시험을 통과했다는 문자 메시지와 함께, 한 종합상사 면접에 최종 합격했다는 통보를 받았다. 마지막으로 학교 근처 파전집에서 함께 면접 스터디를 꾸린 후배들과 막걸리를 마셨다. 다들 취업에 성공해 분위기가 후끈 달아올랐다. 각자 입사할 회사 연봉과 업종을 비교하느라 열심이었다. 지금은 서로 영원히 연락을 주고받을 것처럼 호들갑을 떨지만, 오늘 헤어지면 서로 보지 않을 것이다. 그리고 모두가 그 사실을 알고 있다.

담배를 피우러 밖으로 나왔다. 비 때문에 처마 끝에서 허연 물줄기가 콸콸 흘렀다.

"좋구나."

뒤를 보니 출입문 너머 후배들이 웃고 떠드는 모습이 보였다. 그래, 이 순간만큼은 좋은 추억으로 잘 간직해야지, 생각했다.

순간 드르륵하는 소리와 함께 출입문이 열렸다. 기다란 그림자가 내 옆에 다가와 라이터 불을 당겼다. 정 맑스다. 그도 나를 알아봤으나 짐짓 모른 체했다. 대신 휴대폰을 꺼내 오지도 않는 메시지만 연신 들여다봤다. 어색한 침묵이 흘렀다. 사실 그를 의식하는 건 나다. 정 맑스는 전혀 개의치 않을 수도 있다. '갱지 다섯 장에 꾹꾹 눌러쓴 고발장'의 존재를 내가 알고 있으리라고는 상상하지 못할 테니까.

담배가 좀처럼 줄지 않았다. 빨리 피우고 먼저 안으로 들어가고 싶었으나, 이날따라 유달리 뻑뻑하게 느껴졌다. 나와 정 맑스가 내뿜은 담배 연기는 공중에서 서로 엇갈렸으나 이상하게 뭉치지 않았다. 정 맑스가 먼저 자리를 떴다. 그는 손가락 끝으로 절반가량 남은 꽁초를 퉁겨 내고 안으로 빠르게 사라졌다. 나도 그와 마주치지 않으려, 담배 한 개비를 더 뽑아 물었다.

졸업식에는 가지 않았다. 우편으로 학위증이 배송됐다. 앞으로 행복하길 바란다는 상투적인 말이, 총장 명의로 큼직하게 인쇄돼 있었다.

이날 첫 출근에 입을 넥타이를 골랐다. 하늘색 넥타이를 맸다.'

---

* 순수문학. 2023. 8.

데스킹

아침부터 연신내역 자판기 커피 향이 코에 아렸다.

기우는 지하철을 기다리며 커피 한 잔을 뽑았다. 이른 시간 커피를 들이키는 건 그의 오랜 습관이다. 커피의 쌉 싸름한 향과 짙은 카페인이, 새벽잠의 여운을 몰아냈다.

'리걸 헤럴드'

기우는 기자다. 편집국 인원이 10명밖에 안 되는 작은 전문지로 법원과 검찰, 변호사단체에 출입한다. 규모는 작아도 법조인들이 신경 써 주는 관계로 그럭저럭 굴러간다. 기우는 지방 법조계 소식을 맡았다. 몇 명 안 되는 객원기자 관리도 기우의 몫이다. 가끔씩 고료가 적다고 불평하는 객원기자들을 달래며 함께 소주를 마셔 준다.

그가 처음부터 기자였던 건 아니었다. 기우는 대학에서 말레이·인도네시아어를 전공했다. 수능을 망친 결과다. 기우는 수학을 못 했다. 아니, 싫어했다고 해야 맞겠다. 수많은 기호가 난무하는 수학책을, 그는 감당하지 못했다.

점수에 맞춰 간 대학이었지만 기우는 열심히 살았다. 어학연수도 다녀오고 굴지의 종합건설회사에서 인턴 생활도 마쳤다. 그러다 4학년 마지막 학기에, 자카르타 Jakarta 출점을 계획하던 J 유통에 특채로 입사했다. 성적이 좋았던 탓이다. 여학생들이 압도적으로 우세한 어문

계열에서, 그는 2등으로 졸업했다. 차석次席이었다.

전쟁 같은 취업난에 대기업에 들어갔다는 기쁨도 잠시, 끔찍한 생활이 이어졌다. 기우는 J 유통에 물건을 납품하는 협력업체 사람들과 주 5회 술을 마셨다. 술값은 안 냈지만, 속이 쓰렸다. 술자리는 언제나 골프나 노래방으로 이어졌다. 기우는 운동도 못하고 노래도 못 불렀다.

"기우 씨는 노래가 왜 그래?"

한번은 부장이 핀잔을 줬다. 부장은 협력업체 3곳에서 리베이트를 받았다. 그의 차가 소나타에서 은색 BMW로 바뀌었다.

과장이 탬버린을 잡았다. 과장은 회사 몰래 개인 쇼핑몰을 운영했다. 발주권을 손에 쥐고 협력업체에 으름장을 놓았다. 자신이 운영하는 쇼핑몰에 원가 이하로 물량을 받았다. 월급보다 벌이가 좋았다. 골프를 유난히 잘 치던 과장은 상무의 오른팔이었다. 회사에서 상무를 건드릴 수 있는 사람은 아무도 없었다. 상무는 공정위 출신이었다. 낙하산의 위력은 대단했다.

"군대에서도, 사회에서도 공수부대 위엄은 대단하구나."

기우는 1년을 버티지 못했다. 회사는 그의 퇴사를 아쉬워하지 않았다. 가젤이 사자에게 잡아먹히는 자연스러운 일로 여겼다. 기우는 3개월간 집 밖에 나오지 않았다. 퇴직금이 떨어지자 번역 아르바이트를 했다. 인도네시아어는 소수어다. 희소성 때문에 글값이 제법 나왔다.

어느 날 기사문 번역 의뢰가 들어왔다. 기사는 번역이 쉽다. 문학처럼 배배 꼬인 문장이 없다. 상황을 건조하게 설명하는 기사가 가장 수월하다. 기사 세 편을 번역하고 12만 원을 받았다. 그날 밤 전화가 왔다.

"리걸헤럴드 편집부장 오승준입니다."

처음에는 번역 오류 때문에 걸려 온 항의전화쯤으로 여겼다. 오 부장은 뜻밖의 제안을 내놨다. 객원기자를 할 마음이 없느냐는 것이다. 당황스러웠다. 기우는 번역 말고 글을 쓴 경험이 없었다. 심지어 구독하는 신문도 없었다.

"저는 기사를 써 본 적이 없습니다만…"

"괜찮습니다. 우리는 해외 소식을 담당할 사람이 필요합니다. 중재인들 문의가 많거든요. 허술한 문장은 데스크에서 다듬어 드릴 겁니다."

다음날 약식으로 면접을 봤다. 오 부장 옆에 머리가 반쯤 벗겨진, 짝눈을 가진 남자가 앉아 있었다. 그는 자신을 편집국장으로 소개했다. 국장은 별다른 질문을 하지 않았다. 면접은 금방 끝났다. 정규직이 아니어서 까다롭지 않았다.

객원기자는 출퇴근이 따로 없었다. 일이 있으면 오 부장이 연락을 주고 집에서 기사를 쓰는 형식이었다.

기우는 한 주에 3~4꼭지 정도 기사를 썼다. 주로 말레이반도 통관通關을 둘러싼 소식이었다. 인터넷을 뒤져서 외신기사를 번역하고, 국내 기업의 입장을 덧붙였다. 기사 작성 때문에 번역 아르바이트를 줄였다. 월 100만 원 정도를 받았다. 이럭저럭 밥벌이가 됐다. 남은 시간에 기우는 낡은 골목을 돌며 사진을 찍었다.

두 달이 흘렀다. 그새 계절이 바뀌었다. 나무 등걸에 붙은 매미가 울어 댔다. 샤워를 하고 나오니, 부재중 통화가 와 있었다. 오 부장이었다.

"기우 씨를 정식으로 채용하고 싶은데."

마다할 이유가 없었다. 번역일이 슬슬 지겨워지던 참이었다. 마침 방학을 맞은 대학생들이 번역시장에 몰리면서 일감도 줄었다. 기우는 정식으로 입사 면접을 봤다. 간만에 넥타이를 매었다.

편집위원들과 선임기자가 면접에 들어왔다. 나이 지긋한 편집인은 기우의 학벌을 탐탁지 않아 했다. 외국어 말고 다른 특기가 없냐고 물었다. 있을 리 없었다. 갑자기 어지럼증이 났다.

"기우 씨는 노래가 왜 그래?"

전에 다닌 회사에서 듣던 말이 머릿속을 맴돌았다. 인니어語 말고는 특기가 없었다. '걷기'라는 한심한 답변이 흘러나왔다. 사진 촬영이라고 했다간, 사진 기자까지 시킬까 봐서다. 선임기자는 주량을 물었다.

이틀 뒤 합격 통보를 받았다. 내근직 기자였다. 하는 일은 객원기자 때와 비슷했다. 외신을 번역했고, 변호인과 기업 관계자 멘트를 받아썼다. 기우는 매일 아침 일간지에 실린 업계 이슈를 정리해 데스크에 전달하고, 컴플레인을 처리했다. 기우가 객원 출신이라는 이유로 국장은 다른 객원기자들 관리도 맡겼다.

"홀아비 심정은 과부가 잘 알지."

반은 맞고 반은 틀렸다. 원래 개구리가 올챙이 적 생각 못 하는 법이다. 하지만 기우는 거절하지 못했다. 기사를 쓰지 않는 시간에는 객원기자들에게 원고를 독촉하고 받은 글을 수정했다. 법률전문지 특성상 객원기자 중에는 변호사들이 많다. 이들은 문체가 성글었다. 한자어가 남용되고 일본식 어투에 만연체가 많았다. 내근하던 오 부장은 취재부장으로 자리를 옮겼다.

* * *

"저녁에 뭐 해?"

퇴근 무렵, 오 부장 연락을 받았다. 기사도 다 썼고, 마감도 없어 일찍 들어가려던 참이었다.

"특별한 일 없습니다."

"저녁 자리에 올 수 있겠어? 행정처 사람들이랑 만나는데."

법원행정처는 법원 인사와 행정을 통할한다. 사법부 요직이라 엘리트 '거점 법관'들만 가는 것으로 들었다. 언제부터인가 행정처는 리걸헤럴드를 단체구독하고 있다. 신문사 입장에서는 큰 손인 데다, 법원과의 연대를 돈독히 다질 수 있어 가장 중시되는 곳이었다. 요컨대, 작은 전문지이지만 서초동에서 거들먹거리고 다닐 수 있는 뒷배인 셈이다.

오 부장이 오라는 곳으로 가니 작은 간판이 눈에 들어왔다.

'GAIANA'

마담이 그를 맞이했다. 문을 열고 들어가니, 오 부장과 선배인 장옥배 기자가 손을 번쩍 들었다. 기우는 꾸벅 인사를 하고 자리에 앉았다.

"아이고, 기사 잘 보고 있습니다. 실제로 보니 인물이

휜하시네."

너구리같이 생긴 나이배기 하나가 오버스럽게 인사했다. 좌우로 앉은 양복쟁이들이 일어서서 각기 이름을 대며 명함을 줬다. 예의가 깍듯했지만, 엘리트로서의 자부심이 얼굴에 가득했다. 만만히 봐선 안 되겠구나, 생각했다.

"박기우입니다."

기우가 고개를 숙여 인사했다. 그는 사람들에게 건네받은 명함을 지갑에 넣으며 이름을 외웠다. 나이 먹은 사람 명함에는 법원행정처 차장 '길종선'이라고 되어 있었다.

"기사가 참 좋아요. 해외 소식을 주로 쓰시던데요?"

길 차장이 아는 체를 했다. 그는 서먹한 분위기를 띄우기 위해 노력하는 듯했다. 기우는 짧게 '네'라고 답했다. 이런 자리에서 함부로 조잘거렸다가는 바보 소리 듣는다. 기우는 말을 적게 함으로써 나름대로 무게감을 높이려 했다.

"우리 박 기자가 또 인도네시아어 전공이에요."

사람들이 돌아가며 뻔한 질문을 했다. 인니어로 인사말을 시킨다던가, 왜 기자가 됐냐는 상투적인 말들이 오갔다. 기우도 준비해 놓은 답변을 하면서 서비스로 인도네시아 노래를 한 곡조 뽑았다. 사람들이 박수를 치며 화답했다.

분위기가 무르익자 오 부장과 장 기자가 정기 인사에 대한 하마평을 늘어놨다. 길 차장은 그걸 유심히 들었다.

"부장님 사람 보는 눈이 제법 정확하네요? 그런데 A 판사는 별로입니다. 스타일이 아주 안 좋아요."

"그래요?"

"전형적인 반골反骨 판사예요. 자기가 꽂힌 것만 열심히 하죠."

길 차장이 잠시 전화를 받고 오더니, 오늘 '세 탕'을 뛰어야 한다며 일어섰다. 그가 떠나자 남은 사람들은 맥주에 마른안주를 곁들여 마셨다. 장 기자는 짐짓 취한 듯 판사들에게 '형님, 형님' 했다. 사법시험 '장수생' 출신 장 기자는 유독 말이 많았다.

그러더니 갑자기 담배나 피우자며 기우를 데리고 밖으로 나왔다. 밖으로 나가자 장 기자 표정이 갑자기 돌변했다.

"오늘 들었던 내용 정보보고 작성해서 올려. 길 차장이 했던 말들 다 기억하지?"

마침내 자리가 파했다. 사람들이 저마다 갈 곳을 향해 흩어졌다. 기우는 정보보고를 하기 위해 알코올에 젖은

데스킹

175

뇌를 흔들며 휴대폰에 몇몇 키워드를 적었다.

"A 판사는 반골. 고등부장 인사… 그리고 뭐였더라. 헌법재판소?"

다음날 기우는 출근하자마자 정보보고를 작성해 단톡방에 올렸다. 오 부장에게 전화가 왔다. 그가 소리쳤다.

"이 녀석아, 이렇게 중요한 내용을 단톡방에 올리면 어떻게 해. 따로 보고해야지."

"죄송합니다."

"빨리 지워. 선배들이 그런 건 안 가르쳐 주냐?"

기우는 부장이 왜 그렇게 성을 내는지 알 수 없었다. 기자 밥도 오래 못 먹겠네, 생각했다.

* * *

길 차장은 사무실에 앉아 연필을 동글동글 깎았다. 손으로는 연필을 깎고 있지만 머리에는 다른 생각이 가득했다. 연필을 깎는 건 그가 생각에 잠길 때마다 습관처럼 하는 행동이다. 그의 마호가니 책상 위에는 기사 출력본이 한 부 놓여 있었다.

「헌재소장, "법원의 '재판 취소' 부인은 反 법치 행태"」

원래 법원이 내린 판결은 헌법소원의 대상이 될 수 없다. 이미 확정된 판결을 취소할 수는 없는 법이다. 그런데 가끔, 헌법재판소가 예외적으로 재판을 취소할 때가 있다. 헌재가 '한정위헌'으로 결정한 법령을 대법원이 받아들이지 않았을 때다. 한정위헌은 "법원이 ~라고 해석하는 한 위헌"이라는 일종의 변형 결정이다. 그런데 대법원은 초지일관 "법령의 해석과 적용 권한은 대법원에 속한다"는 입장을 고수하고 있다. 해석은 우리가 하니까, 판결에 대해서는 헌재가 관여할 일이 아니라는 묵언의 시위다. 그런데 헌재가 기어코 일을 저지르고 말았다. 달포 전 덜컥 재판을 취소해 버린 것이다. 자신들이 내린 '한정위헌'에 따르지 않았기 때문이라는 취지였다.

법원이 발칵 뒤집혔다. 이대로 두면 사법부 '최고 존엄'의 위상이 흔들릴 수 있다. 전통적으로 대법관들은 헌법재판관을 한 수 아래로 보는 경향이 강했다. '대법관이 못되어 헌법재판관을 한다'는 생각이었다. 그런데 이류二流로 보던 사람들이 대법원 판결을 취소해 버린 것이다. 대법원이 즉각 "헌재의 재판 취소 결정을 받아들이지 않을 것"이라는 입장문을 냈지만, 이미 여론은 최고 법원들 사이의 힘겨루기 양상으로 받아들이는 모양새였다. 대법원 자존심에 깊은 스크래치가 새겨졌다. 길 차장에게도

참을 수 없는 모욕이었다. 대법원장 표정이 요새 좋지 않다. 길 차장을 처다보는 눈빛에 뭐라도 좀 해 보라는 은밀한 독촉이 담겨 있었다.

전전긍긍하던 차에 급기야 헌재소장이 불난 집에 불을 질러 버렸다. 어제 열린 조찬모임에서 변협 관계자들과 만나 "대법원이 법치주의에 어긋나는 행태를 저지르고 있다"며 작심 비판한 것이다. 길 차장은 헌재가 '선을 넘었다'고 판단했다. 그대로 둘 순 없었다.

"아무래도 한번 멕여야겠는데."

다 깎은 연필을 필통에 꽂아 놓고 두 다리를 책상에 쭉 뻗어 올린 길 차장은 천장을 올려다봤다. 빽빽한 벽지 무늬가 신문 기사처럼 보였다. 순간 아이디어 하나가 길 차장 머리를 스쳤다. 그는 급하게 수화기를 집어 들었다.

"백오현 심의관, 지금 당장 내방으로 와 보세요."

* * *

백 판사는 길 차장의 명령이 숫제 이해되지 않았다.

"그러니까, 헌재소장 발언이 쓸데없는 말을 해서 평지 풍파를 일으킨다, 이렇게 써 보시라고."

"저는 기사를 써 본 적이 없습니다. 차장님."

"어허, 그냥 써 보래두. 어려울 거 없어요. 그냥 '리걸헤럴드'에 실린 예전 기사들 참고해서 비슷하게 쓰면 돼요."

"아니 그래도, 자료를 기자에게 제공하는 선에서 그치면 안 될까요. 제가 직접 쓰기는 좀…"

"아녜요. 우리가 철저하게 초안을 잡아서 넘겨야, 개네들도 그대로 기사를 내지 않겠어요? 자료만 넘기면 우리 의도와 다르게 기사가 나갈 수 있어요."

"초안을 준다고 해도 그대로 싣는다는 보장도 없습니다."

"이미 데스크랑 이야기가 다 되어 있다니까. 우리가 돈 들여서 단체구독도 해 주고 있는데 무슨 문제가 있다고. '리걸헤럴드'는 우리 통제 아래 있으니 걱정 말아요. 더 이상 군말하지 말고."

자리로 돌아온 백 판사는 한숨부터 쉬었다. 법원이 단체구독을 하는 신문은 리걸헤럴드밖에 없다. 단체구독을 승인한 것도 길 차장이다. 공작의 달인인 길 차장은 통제 가능한 신문을 재판부별로 넣어 주고, 신문 논조를 자기가 틀어쥐면 사법부 언로言路를 장악할 수 있다고 판단했다. 그리고 그 전략은 실제로 지난 10년간 꽤 유효했다. 영세 매체였던 리걸헤럴드는 순식간에 돈과 영향력을 확보했다. 판사들은 앞다퉈 리걸헤럴드 필진을 자처

데스킹

했으며, 리걸헤럴드에 비판 기사라도 나올까 봐 전전긍
긍했다. 모범생 스타일이 많은 법관들은 사소한 비판에
도 쉽게 무너진다. 리걸헤럴드도 은혜를 잊지 않았다. 단
체구독을 성사시켜 준 길 차장을 깍듯하게 챙겼다. 법관
정기 인사를 앞둔 시기마다 길 차장은 자신이 원하는 사
람을 하마평 기사에 넣어달라고 요청했다. 말을 듣지 않
거나 삐딱하다고 판단하는 판사들은 이 같은 하마평에서
배제하거나, 은근슬쩍 험담을 해서 주류에서 탈락시켰
다. 그가 청탁한 인물들은 여지없이 탁월한 인물로 묘사
돼 인사 관련 기사에 포함됐다.

　이렇게 길 차장이 리걸헤럴드를 통해 사법부 여론을 좌
지우지한다는 건 알만한 사람들은 다 아는 사실이다. 백
판사도 그런 의미에서 리걸헤럴드 기자들을 살뜰하게 챙
겼다. 그런데 직접 기사를 쓰라는 건 전혀 다른 문제였다.

　"이거야 원. 내가 판사지, 기잔가."

　머리를 싸매던 백 판사는 컴퓨터를 켜고 리걸헤럴드
홈페이지에 들어갔다. 그리고 박스 기사 몇 꼭지를 출력
해 꼼꼼히 분석한 뒤 적당히 문체를 흉내 내어 짜깁기하
기 시작했다. 헌재소장 발언 때문에 법조계가 술렁인다
는 취지였다. 두어 시간쯤 지나 백 판사는 그럭저럭 기사
처럼 보이는 글을 한편 완성했다. 그는 '기사'를 출력하고

결재판에 고이 넣은 뒤 자리에서 일어났다. 백 판사는 길 차장 방에 들어가기 앞서 크게 심호흡을 들이마셨다.

* * *

"박 기자, 나 좀 보자."

아침부터 국장이 기우를 찾았다.

"넌 왜 요새 발제가 없니?"

"신경 쓰겠습니다."

말이 끝나기 무섭게 국장은 기우 앞에 기사를 몇 부 출력해 툭 올려놓았다. 헌법재판소장이 변호사들 앞에서 대법원을 비판한 내용을 담은 기사들이다.

"헌재소장이 얼마 전에 이런 말을 했는데, 내가 볼 때는 기삿거리가 좀 될 거 같다. 흥미 위주의 박스 기사로 올려 줘."

"이건 법원 출입 기자가 쓰는 게…"

"내 앞에서 출입처 핑계를 대는 거야? 너도 언제까지 해외 소식만 쓸 순 없잖아. 언젠가는 법원이든 검찰이든 출입할 테고. 잔말 말고 이 기회에 한 번 써봐. 모르는 게 있으면 오 부장에게 물어보고."

더 이상 대거리하지 않았다. 국장이 고집을 꺾는 경우

는 별로 없다. 찍히기 전에 그냥 시키는 대로 하는 게 상책이다. 기우는 여러 일간지에 나온 헌재소장 발언을 따로 모아 형광펜으로 칠했다. 말인즉슨 틀린 소리처럼 보이진 않았다. 헌재가 한정위헌 결정을 했다면 취지에 맞게 대법원도 판결해야 하는 게 도리 아닌가. 기우 눈에는 법원이 꼬장을 부리는 것처럼 보였다. 그는 중립적인 톤으로 기사를 작성해 가기 시작했다. 그리고 몇몇 변호사들에게 전화를 걸어 대법원 말이 맞다는 멘트와, 헌재가 옳다는 멘트를 받아 공정하게 담았다.

"헌재소장 발언에 법조계 의견 '분분'"

기사를 다 쓰고 송고 버튼을 눌렀다. 평기자가 작성한 기사는 통상 취재부장 손을 거쳐 최종적으로 국장 손으로 넘어간다. 하지만 이번 건은 국장이 곧바로 기사를 데스킹하겠노라 말했다. 내근 기자인 기우는 고개를 들어 국장을 쳐다봤다. 국장이 심각한 표정으로 누군가와 통화를 하고 있었다.

"국장, 기사 올렸습니다."

"어, 알았어. 볼게"

10분 뒤에 국장이 성난 목소리로 기우를 호출했다.

"박 기자, 기사가 좀 이상한데. '헌재소장 발언은 법리적으로 타당하다는 지적이 나온다' 이 문구가 왜 들어가 있어?"

"아, 제가 아까 몇몇 법조인들에게 전화를 하니까…"

"야 임마. 누가 그런 소리를 해. 네 기사 보면 그냥 대법원이 강짜 부리는걸로밖에 안 보이잖아. 누가 기사를 이렇게 편파적으로 쓰나?"

"대법원 입장을 긍정하는 멘트도 아래 삽입되어 있습니다."

"아니 그러니까, 뉘앙스가 그렇잖아, 뉘앙스가. 대법원 입장을 앞으로 빼야지, 그건 저 뒤에 처박아 두고. 박 기자가 법대를 안 나와서 그런가 본데, 이건 문제가 있는 발언이야. 이것 참, 아직 한참 멀었구만."

"그럼 다시 써 보겠습니다."

"됐어. 내가 데스킹하면서 손 볼 테니까 여기까지만 해."

한참을 씩씩대던 국장을 뒤로한 채 기우는 자리에 돌아왔다. 그리고 다시 헌재소장의 발언과 법조인들의 멘트를 살펴봤다. 국장은 기우가 '법대를 나오지 않아 문제점을 잘 모른다'고 했다. 기우에게 멘트를 준 법조인은 헌법 교수였다. 그럼 법학 교수가 무식해서 엉터리 소리를 했단 말인가. 도통 이해가 되지 않았지만 기우는 스스

데스킹

183

로 경험이 부족해 그런 탓이려니 했다. 그리고 갑작스러운 지시로 쓰지 못했던 인도네시아 통관 관련 해외 판결 소식을 적기 시작했다.

저녁 약속이 있었는지, 국장이 5시쯤 일찍 자리를 떴다. 표정은 나쁘지 않았다. 기우는 기사 송고 시스템에 접속해 기사를 살펴봤다.

'헌재소장 날 선 언사에 법조계 곳곳서 우려 목소리'

기사는 완전히 다른 내용이 되어 있었다. 중립적인 입장은 사라지고 헌재소장의 발언이 마치 물의를 일으키는 것처럼 묘사돼 있었다. 기우가 취재한 헌법 교수와 변호사들의 멘트는 사라졌다. 대신 그 자리에는 '대형 로펌의 한 변호사', '한 원로 법조인'이라는 익명 코멘트들이 들어섰다. 가공인지 실제인지 모를 이 목소리들은 헌재소장의 처신이 가벼웠다며 점잖게 꾸짖고 있었다. 하지만 여전히 기사 말미에는 '박기우 기자'라는 바이라인이 달려 있었다.

모르는 번호로 전화가 왔다. 길 차장이었다.

길 차장은 기사 잘 봤다며 꼭 사례하겠다는 말을 남기고 통화를 끊었다.

길 차장은 초조한 마음을 가누지 못했다. 연신 줄담배를 태웠다. 심각한 문제다. 법복을 벗는 것은 물론 수사를 받을 수도 있다. 심의관들 앞에서 입조심을 하지 않은 자신이 한탄스러웠다.

얼마 전 길 차장은 새로 발령 온 심의관들 앞에서 사법행정의 중요성에 대해 일장 연설을 했다. 훈시 도중 그는 리걸헤럴드 기사가 나오게 된 배경을 살짝 언급했다. 내부 통제의 중요성을 납득시키려다 자기도 모르게 기사 거래의 내막을 흘리고 만 것이다. 이야기를 듣던 판사들 표정이 좋지 않았다. 냉랭한 그들의 표정에서 길 차장은 실수임을 깨닫고, 급하게 유머를 던지며 자리를 마무리했다. 슬쩍 백 판사 표정을 보니 얼굴이 노랗게 떠 있었다. 백 판사를 언급하진 않았지만, 문제가 되면 자신도 큰 피해를 볼 수 있었다.

"차장님, 아무리 그래도 그런 말을 하시면…"

"괜찮아. 다 우리 새끼들인데 뭐."

짐짓 아무렇지 않은 척 말했지만 누구보다 불안한 건 길 차장이었다. 몇 년 동안 손발을 맞춰 본 사람들이면 다행이지만, 신임 심의관들은 아직 온전히 믿기 어려웠다. 엘리트 판사들 중에는 월급은 적어도 자부심 하나로 살아가는 사람들이 많다. 그들은 스스로를 고고한 선비 ±로 여겼다. 그들 앞에서 5공 시절 보안사 직원이나 저질렀을 법한 행동을 자랑스레 말했으니, 걱정이 앞섰다.

아니나 다를까, 문제가 터지고 말았다. 며칠 전 운동을 하고 있었는데, 휴대폰에 모르는 전화번호가 떴다. 조심스레 받으니 '어네스트' 기자라고 했다. 어네스트는 언론사를 취재하는 비평 언론이었다. 메이저 신문들도 어네스트를 두려워했다.

'아뿔싸!'

순간 당황했지만, 길 차장은 노회한 전략가답게 침착하게 답변했다. '기사 거래'의 사실관계를 묻는 기자의 질문을 전면으로 부인했다.

"허허. 그런 일이 있었네요. 아마도 제가 언론 대응의 중요성을 설명을 하면서 다른 사례를 이야기하다 그랬나 봅니다. 전혀 그런 사실 없으니, 오해는 말아 주셨으면 좋겠습니다. 그리고 누가 그런 터무니없는 제보를 했는지 궁금하군요."

"취재원은 밝힐 수 없습니다만, 상당히 신뢰하실 수 있는 분이어서 부득이 이렇게 전화를 드렸습니다."

"그러니까, 신뢰할 수 있는 분이 도대체 누구이신지,

증거는 있는지 궁금하네요. 저는 사법행정을 총괄하는 법관입니다. 말씀하신 내용이 허위 사실이면 나중에 큰 문제가 될 수 있어요."

길 차장은 은연중에 지위를 내세우며 기자를 압박했다. 어차피 기자도 제보를 받았다면 딱히 물증은 없을 것이다. 일단 무시하고 리걸헤럴드 단속에 나서는 게 좋겠노라고, 길 차장은 생각했다.

"알겠습니다. 번거롭게 해 드려 죄송합니다."

통화가 끝나자마자 길 차장은 급하게 리걸헤럴드 국장에게 전화를 걸었다. 하지만 통화 중인지 연결이 되지 않았다. 연락 바란다는 문자를 남기고 이번에는 오 부장에게 전화를 걸었다.

"차장님, 이렇게 전화를 주시고 무슨 일이십니까?"

다행히 오 부장이 전화를 받았다.

"오 부장, 이거 야단났어. 급한 일인데, 국장님은 지금 통화가 안 되나?"

"예. 국장은 지금 여름휴가라 해외에 계십니다."

"요즘 세상이 어떤 세상인데, 로밍도 안 하고 갔나?"

"아시다시피 저희 국장이 좀 올드한 타입이어서요. 미국이라 시차도 있을 테고요."

"그럼 어쩔 수 없지. 오 부장 내 말 똑똑히 들어. 그 얼마 전에 띄운 헌재소장 발언 기사 있잖아. 그거에 대해 이상한 매체에서 취재가 들어왔어."

"그게 무슨 문제가 있을라고요."

"아니 그게, 지금 말하긴 그렇고. 어쨌든 국장님이랑 이야기가 다 된 내용이어서 올라간 건데, 그게 기사 거래라고 누군가 찔렀나 봐. 나 원 참. 세상에 믿을 놈 하나 없지. 어쨌든, 취재 들어오면 리걸헤럴드에서 좀 막아줘. 기자들이니까 뭐 통하는 게 있을 거 아냐."

"매체가 어디라고요?"

"어네스트라던데?"

"아 이런. 난감한데요. 거긴 그냥 언론사가 아니라 언론사만 잡아 뜯는 덴데…"

"그래? 그렇게 무서운 데야?"

"뭐, 조선일보도 쩔쩔매니까요. 여튼 알겠습니다. 일단 국장 안 계시니까, 제가 단도리 하겠습니다. 그 기사가 누구 바이라인으로 올라갔더라…"

"왜 저번에 오 부장이 데려온 그 신출내기 있잖아. 인도인지 말레이시안지 이상한 나라 노래 부르던 애."

"아 기우군요. 알겠습니다."

"이번 건은 실수가 없어야 해. 들통나면 다 죽어."

"걱정 마십시오."

통화를 끊은 오 부장은 살다 보니 별일을 다 겪는다고 생각했다. 노련한 길 차장이 이처럼 다급해하는 모습은 처음이었다. 횡설수설 말해서 정확한 내용이 뭔지 감도 잘 오지 않았다. 오 부장은 일단 국장에게 메시지를 남겼다. 그리고 기우에게 전화하려다 이내 그만두었다. 마감에 맞춰 사무실에 들어갈 텐데, 직접 보고 이야기하는 게 낫다고 생각했다. 어차피 집토끼인 기우는 회사에 있었다. 그는 우선 현장 데스킹부터 마무리하기로 했다.

"다들 남은 기사 빨리 올려라. 마감하자."

오 부장이 소리쳤다.

* * *

"누구시라고요?"

"어네스트 도기연 기자입니다."

"네, 안녕하세요. 어떤 일로 전화하셨어요?"

길 차장과 오 부장이 긴박하게 통화를 나누고 있던 시각에 기우는 리걸헤럴드 편집국 번호로 연락한 기연의 전화를 받았다. 기자가 기자를 취재하다니, 알다가도 모를 일이다.

"그 혹시 국장님과 통화할 수 있을까요?"

"아, 국장님은 지금 휴가라 자리를 비우셨습니다."

"혹시 전화번호를 알려 주실 수 없을까요?"

"죄송합니다만, 동의가 없으면 드리기 어렵습니다."

"그렇군요. 그럼 혹시 박기우 기자님과는 연락할 수 있나요?"

"제가 박기우인데요?"

"오 마침 잘됐습니다. 기자님께서 6월 10일에 쓰신 '헌재소장 날 선 언사에 법조계 곳곳서 우려 목소리' 기사 관련해서 여쭤볼 일이 있는데요."

"아, 그 기사 말이군요. 무슨 문제라도?"

"같은 기자로서 허심탄회하게 말씀드리면, 그 기사가 기자님이 쓰신 게 아니라는 제보가 들어와서요."

머리가 복잡해졌다. 지금 상황에서 무슨 말을 해야 하나. 애초에 이런 연락이면 받지 않았을 텐데. 하지만 통화 중에 전화를 확 끊을 수는 없었다.

"어, 제가 쓴 건 맞는데, 무슨 이야기를 어디서 어떻게 들으신 건지요?"

"그럼 기자님이 그 내용을 전부 다 쓰신 것이라는 거죠?"

"그건 아닙니다. 본인도 기자시니까 잘 아시겠지만, 초고는 제가 썼는데 데스킹 과정에서 조금 바뀌었어요. 그런데 데스킹 거치면 으레 그런 경우가 많지 않나요?"

"음. 정말 조금 바뀐 건가요? 통상적인 '데스킹' 범위에서 크게 벗어나지 않았다는 말씀이지요?"

정곡을 찔린 기우가 움찔했다. 동시에 불쾌한 마음이 스멀스멀 올라왔다. 생각해 보니 갑자기 전화를 걸어 '이 기사를 당신이 쓴 게 맞느냐'고 묻는 행동도 상당히 무례한 짓이다.

"이보세요. 저를 아세요? 다짜고짜 전화해서 이 기사 당신 기사 맞느냐고 물으시다니, 불쾌합니다. 내용에 문제가 있다고 생각하시면 이메일 보내 주세요. 이만 끊겠습니다."

"아, 정말 죄송합니다. 다른 뜻은 아니었고 법원에 계신 분께서 그 기사를 판사가 썼다고 제보하셨길래 여쭤봤습니다."

"됐습니다. 통화 끊겠습니다."

기우는 전화를 끊었다. 얼마 지나지 않아 다시 통화음이 울렸지만 기우는 받지 않았다. 더 이상 전화가 오지 않았다. 마침 마감을 하러 오 부장과 취재기자들이 속속 편집국으로 복귀했다. 국장이 자리를 비웠기 때문에 지면 마감도 오 부장이 총괄했다. 마감이 끝나고 편집기자들이 인쇄소에 신문 대장을 넘겼다. 퇴근 준비를 하던 기우에게 오 부장이 슬며시 다가왔다.

"오늘 별일 없었어?"

"네. 딱히."

"혹시 네가 쓴 헌재소장 기사 관련해서 무슨 문제라도 있었나? 아까 길 차장이 뜬금없이 전화해서 횡설수설하던데?"

"제 기사 나가고 나서 잘 봤다고 길 차장님이 전화 주신 적은 있는데, 그 외에는 이상한 점 없었습니다."

"알았다. 혹시 모르니까, 누군가 기사에 대해 물으면 대답하지 마. 아니, 그냥 연락 자체를 받지 마라."

"네. 알겠습니다."

"특히 어네스트 조심하고. 알았지?"

"네. 명심하겠습니다."

마감을 마친 오 부장은 취재기자들을 데리고 부대찌개를 먹으러 갔다. 내근 기자인 기우는 대충 사무실을 정리하고 전등을 다 끈 다음 문을 잠갔다. 손목시계를 보며 엘리베이터를 타고 내려갔다. 지하철역으로 방향을 바꾸는 순간 한 남성이 불쑥 다가왔다.

"안녕하세요. 아까 연락드렸던 도기연 기자입니다. 좀 전에는 큰 실례를 저질렀습니다. 머리 숙여 사과드립니다."

깍듯한 태도에 기우도 마음이 한풀 누그러졌다. 어차피 이 사람도 기자 선배일 것이다. 계속 삐딱하게 굴어봐야 좋을 게 없다고 생각했다. 다만 얼굴을 어떻게 알아봤는지가 궁금했다.

"아닙니다. 괜찮습니다. 혹시 사과를 하시러 여기까지 오신 건가요?"

"네. 물론입니다."

"아, 그러시군요. 그런데 제 얼굴을 어떻게 아시는지?"

"취재수첩에 나온 사진을 보고 알아봤습니다. 이것도 실례라면 또 죄송합니다."

"아닙니다. 그런 방법도 있었네요. 제가 사진이랑 똑같이 생기기는 했지요."

"괜찮으시다면 아까 일도 있고 해서 맥주 한잔 대접하고 싶은데, 시간이 되실지 모르겠습니다."

"좋습니다. 마감 끝나서 1시간 정도 시간이 남습니다. 한잔하시러 가시죠."

어네스트를 조심하라는 오 부장의 엄명이 있었지만 어쩐 일인지 기우는 기연에게 끌렸다. 이유 없는 호감의 원인을 기우도 알지 못했다.

* * *

먹태 안주와 생맥주를 사이에 놓고 시작한 대화가 새

벽까지 이어졌다. 술자리를 꺼리는 기우였지만 기연과
는 대화가 잘 통했고, 무엇보다 마음이 맞았다. 기우 못
지않게 기연도 사연이 깊었다.

기연의 아버지는 해직 교사였다. 고등학교에서 교편
을 잡고 있을 때 학생들이 6.29. 호헌 조치에 반대하는
성명을 냈다. 안기부가 으름장을 놓자, 교장은 징계위원
회를 열었다. 기연의 아버지는 학생들을 끝까지 옹호하
다 결국 교장과 멱살잡이를 했다. 결국 파면당한 그는 법
원에 해고 무효소송을 냈고, 7년 만에 간신히 승소할 수
있었다. 하지만 교단에 미련이 사라진 기연의 아버지는
복직한 당일 사직서를 제출하고 교문을 나섰다. 이후 막
일을 하며 가계를 꾸렸지만, 살림살이는 줄곧 내리막길
이었다.

기연은 그런 아버지의 뒷모습을 보며 자랐다. 세상을
바꾸고 싶었고, 그래서 선택한 길이 기자였다. 그중에도
언론사를 취재하는 비평 언론에 몸담았는데, 아버지를
'용공분자'로 몰고 간 언론에도 책임이 있다고 생각했기
때문이다. 급료가 박했지만, 돈에 관심이 적었던 기연에
게는 문제 되지 않았다. 그에게 중요한 것은 진실이었다.

"선배도 사연이 많군요."

호칭은 어느새 선배로 바뀌었다. 언론사는 매체와 무

관하게 연차에 따라 서로를 선후배로 부르는 문화를 가지고 있다.

"언론이 감시자라면, 감시자를 감시하는 곳도 필요해. 언론이 무관無官의 제왕이라면 제왕을 감시하는 사람도 있어야 하지 않겠어?"

말은 쉽지만 어려운 소임이다. 일반 군인들이 헌병을 바라보는 느낌이 아닐까, 기연은 생각했다. 남들을 쉽게 비판하지만, 자신들이 비판받는 것은 절대 못 참는 것이 언론의 생리다. 그 마음 끝에는 박봉에 고생하면서 정론 직필을 하는데, 누가 감히 우리를 비판할 수 있겠느냐는 왜곡된 자의식이 대롱대롱 달려 있었다.

기우는 기연이 더 마음에 들었다. 세상에 실망하고, 이리저리 상처받지 않으려 피해만 다닌 자신이 부끄러웠다.

"리걸헤럴드가 행정처 기관지라는 사실은 누구나 알지. 하지만, 특정 세력의 소유물로 전락하는 건 바람직하지 않아."

"입사한 지 얼마 안 돼서, 솔직히 제가 뭐라 드릴 말씀이 없네요."

"군인이 국가가 아닌, 권력에 충성하는 것. 언론이 국민이 아닌, 특정 세력에 봉사하는 것. 둘 다 문제라고 생각해."

"맞는 말이네요."

"그 기사 내용을 나한테 제보한 사람은 행정처 심의관 중 한 명이야. 행정처 차장이 '우리들이 썼다'고 떠벌였다고 하더라고. 그게 법원을 통제하는 방법이라면서."

머릿속에서 잠시 길 차장 얼굴이 스쳤다. 기우는 그날 국장이 화를 낸 사실과 길 차장이 감사하다고 전화를 한 이유를 이제야 알 수 있었다. 국장의 호통과 길 차장의 칭찬 사이에는 보이지 않는 고리가 존재했다. 기우는 상전들이 쳐놓은 거미줄에 걸려, 혼자 허우적대고 있었던 것이다.

"그 기사, 제가 안 썼습니다."

기우가 입을 열었다. 태연한 척하고 있었지만 갑작스런 고백에 기연도 놀랐다.

"난 원래 기자를 하려고 했던 사람이 아닙니다. 선배처럼 무슨 사명감이 있는 것도 아니고요. 회사를 다니다 뛰쳐나오고, 이리저리 밥벌이를 찾아다니다 우연찮게 여기 입사했습니다."

"처음에는 대법원과 헌재의 입장을 반반씩 담아서 평이하게 썼는데, 국장이 그걸 이렇게 바꾼 겁니다. 초고와 비교하면 동일성은 10%도 안 돼요."

"그걸 증명할 수 있겠어?"

"아마도요."

기우는 다시 편집국 사무실로 돌아왔다. 기연은 밖에서 기다렸다. 새벽 1시가 넘은 시간이었다. 기우는 워드 프로그램을 사용해 초고를 작성한 다음 글을 복사해서 기사 송고 시스템에 넣는다. 해당 날짜에 저장된 워드 파일을 살펴보면 정확한 저장일시와 초고의 내용이 그대로 남아 있을 것이다. 조심스레 커서를 움직이며 파일을 찾던 그의 시선이 멈췄다.

"6월 10일. 여기 있네."

* * *

기우가 출근길 지하철 플랫폼에서 조간신문을 펼쳤다.

「길종선 법원행정처 차장 사임」

사회면 상단에 제법 큼직하게 기사가 실렸다. 법원 발發 기사다. 기사 거래 의혹을 받은 길 차장이 사직서를 제출했으며, 기사 거래는 사실이 아니지만 물의를 일으킨 점에 대해 책임을 통감한다는 그의 말이 덧붙여져 있

데스킹

197

었다.

　기우는 기연에게 초고를 넘기고 다음 날 리걸헤럴드에서 퇴사했다. J 유통과 마찬가지로 아무도 그를 붙잡지 않았다. 퇴직한 다음 달에 어네스트에서 '단독' 기사가 나왔다. 기우가 쓴 초고와 실제 출고된 기사를 비교하는 사진과 함께, 기사 거래 의혹을 제보한 익명의 판사 멘트가 담겨 있었다.

　"특정 언론과 결탁하여 사법부 여론을 조작하고, 자신의 입맛에 맞게 법원을 통제하려는 시도는, 어느 곳보다 공정하고 투명해야 할 법원을 사유화하려는 반 법치주의적인 행동에 다름 아니다"라고 적혀 있었다.

　리걸헤럴드는 진땀을 빼며 해명에 나섰다. 해당 기사는 기자가 직접 취재해서 쓴 것이며, 데스크는 전혀 모르는 사실이라고 밝혔다. 또 담당 기자는 언론사 문화에 적응하지 못해 곧 그만두었으며, 이후 연락이 닿지 않는다는 말도 있었다. 기우가 슬며시 휴대폰 메시지함을 열었다. 국장과 오 부장, 장 기자에게 온 문자와 카카오톡 메시지가 '읽지 않음'으로 표시된 채 수십 통 남아 있었다. 문득 전화번호를 바꾸면 인연도 끊을 수 있지 않을까, 라는 생각이 들었다.

　기우는 천천히 커피 자판기로 향했다. 평소처럼 300원을 넣고 설탕이 듬뿍 들어간 밀크커피를 뽑았다.

아침부터 연신내역 자판기 커피 향이 코에 아렸다.

저자 후기

최근 벌어진 사건을 소재로 소설을 쓰는 건 쉬운 일이 아니다. 역사적 평가가 아직 끝나지 않았기 때문이다. 정치 소재일수록 더 조심스럽다. 특정 인물, 특정 세력의 득세得勢에 이용당할 수 있다는 두려움이 앞선다. 그런 일은 바람직하지 않다. 공동의 기억을 일부가 사유화해서는 안 된다.

어떤 사태의 주변에는 다양한 군상이 존재한다. 수면 위로 드러나진 않지만, 이들은 분명한 변곡점을 만들어 낸다. 이런 시각을 깊이 살펴야 입체적인 조망이 가능하다. 이 소설이 그런 시각을 제안했으면 하는 바람이다.

아버지와 아들의 관계는 숙명적이다. 아들은 아버지를 닮기도 하고, 극복하기도 한다. 소설의 주인공도 아버지에 대한 트라우마를 간직하고 있다. 엄밀히 말하자면, 아버지의 상흔에 대한 기억이다. 그 흔적은 아버지와 비슷한 길을 걷게 되면서, 주인공 안으로 스며든다. 자발적 선택이 아닌, 필연必然으로 주인공이 아버지와 같은 상황에 놓인다는 설정은, 부자 관계의 숙명성을 강화하는 장치로 보아 주었으면 한다.

주인공은 영웅이 아니다. 하지만 결정적 순간에 남다른 선택을 했다. 아버지가 극복하지 못한 벽을 넘음으로, 해각解角에 성공한다. 개인의 선택으로 묘사했지만, 궁극적으로는 우리 공동체의 선택으로 이해하고 싶다.

이 소설은 처음부터 끝까지 상상에 의존해 썼다. 미진한 부분은 작가가 과문하고 문재文才가 부족한 탓이다. 특정 사건 및 인물과도 관련이 없다. 창작에 영감을 준 사람은 있으나, 실존 인물과 작중 인물은 아무 관계가 없다는 점을 미리 밝힌다. 주인공의 성장 과정과 독백은 모두 허구이며 창작의 결과에 불과하다. 이 소설은 처음부터 끝까지 문학으로만 봐 주기를 소원한다.

두 편의 단편은 문예지에 발표한 것들이다. 재미있게 봐 주시기를 바랄 뿐이다.

계엄군

ⓒ 신성민, 2026

초판 1쇄 발행 2026년 2월 13일
    2쇄 발행 2026년 3월 15일

지은이   신성민
펴낸이   이기봉
편집   좋은땅 편집팀
펴낸곳   도서출판 좋은땅
주소   서울특별시 마포구 양화로12길 26 지월드빌딩 (서교동 395-7)
전화   02)374-8616~7
팩스   02)374-8614
이메일   gworldbook@naver.com
홈페이지   www.g-world.co.kr

ISBN   979-11-388-5428-3 (03810)

· 가격은 뒤표지에 있습니다.
· 이 책은 저작권법에 의하여 보호를 받는 저작물이므로 무단 전재와 복제를 금합니다.
· 파본은 구입하신 서점에서 교환해 드립니다.